我在上东区做家教

[美] 布莱斯·格罗斯伯格 著

熊文苑 胡广和 译

中信出版集团 | 北京

图书在版编目（CIP）数据

我在上东区做家教 /（美）布莱斯·格罗斯伯格著；
熊文苑，胡广和译. -- 北京：中信出版社，2023.12（2024.2重印）
书名原文：I Left My Homework in the Hamptons:
What I Learned Teaching the Children of the One
Percent
ISBN 978-7-5217-6148-1

I. ①我… II. ①布… ②熊… ③胡… III. ①纪实文
学－中国－当代 IV. ① I25

中国国家版本馆 CIP 数据核字（2023）第 212472 号

我在上东区做家教
著者： ［美］布莱斯·格罗斯伯格
译者： 熊文苑 胡广和
出版发行：中信出版集团股份有限公司
（北京市朝阳区东三环北路 27 号嘉铭中心 邮编 100020）
承印者： 三河市中晟雅豪印务有限公司

开本：880mm×1230mm 1/32 印张：8.5 字数：169 千字
版次：2023 年 12 月第 1 版 印次：2024 年 2 月第 2 次印刷
京权图字：01-2023-5317 书号：ISBN 978-7-5217-6148-1
定价：58.00 元

作者按

　　本书中出现的人物原型源自近二十年来我在纽约辅导过的数千名学生。为保护书中人物的身份和隐私，我更换了他们的名字，修改了能凸显人物特点的细节，并有意将多人合并塑造为一个人物。此书具有回忆录性质，记录了当下的我对过往经历的回忆。我在叙述中精简了一些事件，也添加了一些对话。我尽力准确地描绘我接触到的这个世界。人的记忆并不完美，但我希望以忠于事实且富有人情味的方式呈现这些人物，尤其是作为本书主角的孩子们。

目录

▶ 获得家教工作不只需要熟悉关于德国统一的知识，更重要的是，我需要了解这群居住在第五大道的焦虑的人。

▶ 也就是说，仅仅上过哈佛、拥有心理学博士学位还不够。我即将进入的这个世界不允许肥胖的存在，没有人会发型不整，甚至老师都穿着德尔曼平底鞋。在这里，没有痤疮的重要性不亚于阅读过乔治·艾略特作品全集。

第 **1** 章

在第五大道讲课

我的第一个学生是 15 岁的苏菲。我们见面那天，她像一阵旋风一样从铺满纯白地毯的豪华旋转楼梯上跑下来。这座位于纽约公园大道的复式公寓洁白无瑕：陈列着白色沙发、白色长绒地毯，两只白色的迷你贵宾犬围绕在苏菲脚边狂叫不止。她一把抱起一只小狗，让它不要叫唤，并调整了一下小狗头上的蝴蝶结。她穿着私立学校的制服短裙，裙裾飞扬。在我们上楼讨论作文前，她的管家——两名菲律宾女佣——询问我们要不要吃点或喝点什么。

　　走进她的房间，我看到除了床单和写字椅罩是粉色格子花纹的，其他物件一律是纯白色的，一尘不染，完全没有青少年房间里常见的杂乱无章，就连平板电视也放在木柜中。整齐摆起来的课本是房间里唯一一处稍显无序的地方。除了粉色和白色，房间里有其他色彩的东西是她精心摆放的若干个法国利摩日陶瓷首饰盒。一个水晶相框里镶嵌着她和父亲在汉普顿高尔夫巡回赛上的合影。在她打开书桌上方的嵌入式储藏柜时，我才看到了大多数少女房间里会出现的杂志拼贴画以及她的朋友们浓妆艳抹、盛装打扮、身着设计师服饰和高跟鞋的照片。

她掏出一本《了不起的盖茨比》后，开始跟我讲她的作业要求：写一篇文章，说明盖茨比是否实现了美国梦。她的两只白色小狗又开始嚎叫，一名管家过来把它们拽下了楼。

"我认为盖茨比没有实现美国梦，因为我的老师是这么认为的。"说完她停顿了一分钟，紧张地舔了舔嘴唇，"除非你认为我不应该这么写。"

我们反复讨论这个问题，我能感觉到她很紧张，因为我认为没有什么标准答案。我让她在书中寻找论据来证明她的论点，即盖茨比没有实现美国梦。她机械地翻着书。她的指甲上涂着闪闪发光的指甲油，但已经被她撕掉了一半。她读着描写盖茨比举办盛大奢华派对的一段文字：

> 每周五，纽约一家水果商送来五箱橙子和柠檬。每周一，这些被切成两半、榨干汁水的橙子和柠檬堆成小山，被从他家后门运走。

苏菲正打算继续读下去，我让她停下来，想一想这个场景。

"我爸妈有一次开派对，家里厨房也是那样，"她说，"吧台旁边堆满了柠檬皮。一晚上的派对过后，我妈妈看起来就像一颗被榨干了的柠檬。"她意识到，参加派对的客人把盖茨比的家弄得一片狼藉，她父母在汉普顿的度假别墅每到夏天也是如此。派对过后，徒留空虚。这段文字似乎引起了她的共鸣，让她联想到了自己的生活经历。

她随即拿起书桌旁边的壁挂式对讲机，让女佣端两杯绿茶上来。几分钟后，嵌着柠檬片的瓷杯和茶托被送到楼上。我们终于敲定了写作提纲。我认为她提出了一个不错的论点，也从书中搜集了不少论据。在我要走的时候，她露出了淡淡的微笑。

"或许盖茨比实现了美国梦？"她自言自语道。

我愉快地离开了。这段经历太美妙了——有绿茶、白色贵宾犬，还有人花钱和我讨论盖茨比。在公立学校读书时因为热爱诗歌和阅读而被嘲笑的我，从未想过自己竟然能找到这样一份既有报酬又有意义的工作。

从我家去苏菲家有点绕道。我当时正在攻读心理学博士学位，主要面临两大难题：一是摒弃弗洛伊德学说，转而研究行为心理学，因为我认为弗洛伊德的理论对于现代社会而言已经过时；二是买一双新鞋，因为我的两只平底鞋都磨出了洞，或者给住在我家楼下大厅——布鲁克林公园坡 [1]——的流浪汉买一杯冰咖啡，甚至给我自己买一杯。我当时连地铁票都买不起，只能步行，鞋子都磨破了。我意识到，虽然在哈佛大学接受的本科教育让我变得博学多才，但并没有让我自动赚到坐地铁的费用。说起来，那也是我的错，因为我放弃了高薪的金融工作而学习心理学，而我的丈夫——他也毕业于一所常春藤大学——则成了一名杂志编辑。我们简陋的公寓里有许多藏书。我依然相信，心理学能够解开从利他主义到非理性的诸多关于人类心灵的谜团，而对我来说，探究这些谜团远比拿到六七位数的收入重要。

我穿着破洞的鞋子走在纽约街头，经常思绪万千。幸运的是，我想到了撰写一篇关于注意缺陷多动障碍（ADHD）的论文，而正是这篇论文为我给患有学习障碍和注意缺陷多动障碍的儿童提供辅导铺平了道路。作为学习辅导专家，我在曼哈顿一所顶尖的私立学校获得了一份辅导这样的儿童学习的工作，年薪是 5.45 万美元。这使我很长时间以来第一次有了安全感，即便当时家中有了一个嗷嗷待哺的孩子。多年来，我的收入仅够勉强维持生计。有了孩子后，我决定找一份更稳定的工

---

[1] 布鲁克林公园坡（Park Slope, Brooklyn），布鲁克林大区的新发展区之一，因坐落在展望公园（Prospect Park）旁而得名。此处离曼哈顿较近，上班便利，也拥有良好的生活气息，居住者多为纽约年轻的中产阶级。——编者注

作。我在纽约生活了十年，还没有打过零工。有一天，一个在上东区女校教书的朋友问我，是否愿意给一名甜美可爱却为学业感到焦虑的高二女生补习作文，我当即应允。即使没有报酬，我也愿意帮助这个女孩，何况还能挣些外快——简直是天赐的机会。在我的家乡马萨诸塞州的乡下，我的同学常常白抄我的作业。

进入这个女孩居住的公园大道那幢建筑里宁静、安全的大厅，就像进入了另一个世界，在那里可以享受富人自由自在的生活，沉醉于艺术博物馆之中，通过安抚一个紧张不安的15岁孩子获得满足感。我丝毫没有觉察到，我在读研究生时漫不经心地拒绝过的弗洛伊德又要派上用场了：在公园大道那些幽静的、百合花盛开的大楼里，各种各样的神经症患者在等着我。

苏菲的成绩通常都是B+，但这回她第一次得到了A。自那以后，我成了布鲁克林和曼哈顿上流阶层的"热门商品"。我就像是还没有被收录进《查格士》[1]的网红餐厅。后来我辅导了更多学生，家长们把我当成了他们的"秘密武器"。有一名学生

---

[1]《查格士》(*Zagat*)，美国著名餐馆评级手册，创始人为蒂姆·查格士（Tim Zagat）。——编者注

家长在发现她女儿的竞争对手的妈妈也知道我后，感到很沮丧。"是我们发掘了你！"她哀号道。

有一名叫丽萨的学生家长是个银行家，她假期会去楠塔基特岛驾船航行。她对我说："有你当家教，我女儿的中学学业就稳了。"这让我感到一丝尴尬。她曾对她女儿说"如果没有一个拥有博士学位的家教辅导你，你根本不行"以及"在任何情况下，都有必要购买合适的辅导教学服务，就像购买最适合你的Dooney & Bourke[1]手袋一样"。在第五大道，这种态度很常见。有一个学生某次化学考试没及格，他告诉我："没关系，我马上换家教。"丽萨的女儿叫莉莉，是我遇到过的脾气最温和的孩子之一，却总是在微积分考试和壁球比赛中失利，而且饱受私立学校女生小团体的排挤。她妈妈希望她出落得像奥黛丽·赫本那样优雅，同时拥有壁球这项运动特长。莉莉十分聪慧，但不像她这个阶层的小孩。她就像诗人维吉尔，在弥漫着焦虑的公园大道的炼狱中为我指明方向。我在教学生读但丁的《神曲》时常常会想到她。我在辅导莉莉时，她会跟我讲她的经历，说她在参加派对时心不在焉，宁愿窝在家里追剧。

她的故事让我大开眼界。我看到她衣柜里躺着一条皱巴巴的金色丝绸长裙，她在周末就是穿着这条裙子、踩着高跟鞋在

---

[1] Dooney & Bourke，美国时尚配饰品牌，其大部分产品针对年轻女性。

——编者注

曼哈顿奔走，而我周末的唯一一次外出是去街角的刨冰店。通常情况下，我如果不是在工作，就是在家照顾儿子。对我来说，工作的意义在于它不仅能带来职业上的成就感，而且让我有时间与孩子和丈夫相处。我无法想象在业余时间闲逛，学习和工作挤占了我的大部分时间。在这套怪异的资本主义的算法下，我努力工作，只是为了有时间在家。

莉莉告诉我，由于父母经常不在家，小孩们会开大型派对。她有的朋友根本不知道父母晚上在哪里，也有家长晚上 10 点给孩子打电话说自己在别的城市，不回家了。因此，第五大道上经常彻夜狂欢。虽然家里有管家，但他们的职责是让孩子开心，而不是向家长告密。莉莉学校里有的学生出租家里的活动室，承办乱七八糟的活动，还向同学收取入场费。在这种活动中，没有人在意屋里的东西是不是完好无损。有一次我辅导莉莉功课时，她告诉我："我去一个俱乐部参加了一场同学派对，他们在屋顶上玩。"意思是，这些学生在屋顶上发生关系。我无从考证莉莉的话，不过这应该是真的。普通小孩做的事情，第五大道上的小孩也做，只不过做得更极端。

莉莉和她的朋友们有不少零花钱，能够支付高昂的派对入场费。除了当家教，我还在一些私立学校工作过。在户外教学实践中，有学生在糕饼义卖活动上掏出 100 美元支票，还有学生随身带着信用卡金卡——这个学生拿着他父亲的美国运通金卡去布鲁克林的一家小商店买面包，遭到了其他顾客的嘲讽，几乎有点引发众怒，所幸我们安然无恙地离开了商店。（事实证明，这家商店不接受顾客使用金卡购买 2 美元的面包。）

莉莉和苏菲经常从家长手里得到很多零用钱，或者干脆是信用卡。上等私立学校的中学生可以在校外吃午餐，而在曼哈顿和布鲁克林的一些地区，午餐并不便宜。他们很少在学校食堂吃饭，而是会在市区闲逛，喝奶茶，吃寿司卷和 15 美元的汉堡。这些私校生一周午餐的花销不会低于 100 美元，这还不包括他们在课间和放学后买的 7 美元一杯的咖啡。

这些小孩早早成了美食品鉴家。苏菲说："我不可能去一所买不到好喝的卡布奇诺的大学。"因此，她不会去纽约市和洛杉矶以外的地区上大学。这些小孩还知道不同沙拉的区别。我曾经看到一名五年级的私校小学生走到沙拉台前欢呼："哇，有菊苣！"我从没想过会有小朋友如此钟爱菊苣和布里奶酪。

当然，这些孩子手里的零用钱不只可以用来买吃的，几年前他们还用来买香烟，最近则会买各种味道的电子烟烟油。这些闻起来臭臭的烟油在电子烟商店销售，其中说不清道不明的成分的确能让孩子生病。电子烟刚上市的时候，青少年们认为它比喝酒和抽香烟更健康，却没有意识到电子烟会损伤肺部和大脑，而且也会造成吸烟人对尼古丁上瘾。特雷弗是我辅导的一个小孩，他从第三大道上的一家电子烟商店偷窃烟杆，因为他说店主卖给他的电子烟是坏的并且拒绝退货。

我对他说，吸电子烟会产生意想不到的危害。他说："没错，老师，我有个朋友吸尼古丁后突发癫痫！"我问他这件事有没有降低同学们吸电子烟的频率，他说："没有，每当走进学校的卫生间，我就能听到吸电子烟的声音，就像自来水流动的声音，我都习以为常了。"

不只是第五大道上的年轻人吸电子烟，整个美国的小孩都在吸（有数据显示，全美高中毕业班上 37% 的学生吸电子烟，而实际情况可能更严重）。这些小孩还参与其他不良活动，比如赌博。特雷弗那些 18 岁以上的高年级同学会去场外赛马投注，那些肮脏的店面现在已经关闭。在那里，孩子们可以合法地在赛马上下注。其中的两个学生因在线赌博欠了一名赌徒的钱。当然，这对他们都不是事儿。只要卖掉一双价值 800 美元的鞋子，就算只卖出 400 美元，也能还上债。网络赌博是青少年出现的一个日益严重的问题。加拿大麦吉尔大学"青少年赌博问题和高风险行为国际研究中心"（International Centre for Youth Gambling Problems and High-Risk Behaviours）估计，约 4% 的青少年存在赌博问题。网络赌博让孩子们沉迷于在虚拟世界中下注，而富人家的孩子拥有更多可支配的金钱，因此会陷入更大的债务陷阱。

他们还有其他在网上"烧钱"的方式。每逢补习，莉莉都会收到装有昂贵服装的快递。露比是她的管家，来自巴巴多斯，是一个正在攻读大学学位的严肃女人，她忙着把来自J.Crew[1]和诗普兰迪的包裹搬回家里。莉莉几乎每门学科都请了家教，在跟着辅导老师写论文和备考数学期间，收到这些衣服似乎给她带来了片刻的欢愉。莉莉金发、白肤、蓝眼睛，身材微胖。她娇小纤瘦的母亲说，希望"打壁球能让莉莉减掉婴儿肥"。莉莉的母亲有一份精心规划的日程表，确保女儿各门功课的补习时间相互错开。

在学习的间隙，莉莉纵情享受着撕开包装盒的快感。然而里面的衣服颇具热带风情，而且设计前卫，不仅不适合在2月的纽约穿，也不适合穿去学校——比如有一件豹纹连裤衫的袖窿过于宽松，甚至露出了她的粉色内衣。莉莉买衣服有专门的预算，每一件都亲自挑选。她喜欢Comme des Garcons[2]，我也一度爱上了这个品牌的高帮帆布鞋和印有爱心图案的水手T恤，直到我看到它们的售价：一双鞋售价为135美元，一件简单的棉T恤价格为150美元。也就是说，我补一小时课的酬金不如一件T恤加上税费。我迅速接受了这个事实：我穿的比大多数我辅导的小孩穿的衣服更廉价。有一个七年级的小姑娘曾经非

---

[1] J.Crew，美国生活品牌，其服装样式简洁、面料上乘、做工考究，是美国年轻人追逐的中高档品牌之一。——编者注

[2] Comme des Garcons是法语，中文翻译为"像小男孩一样"。这是日本知名设计师川久保玲创办的时装品牌。——编者注

常直白地问我："你这件背心在哪儿买的？"我好像是在一家二手店买的，当然不是歌手普林斯（Prince）买玫红色贝雷帽的那种时髦二手店。从那以后我再也没穿过那件背心了。

对莉莉来说，衣服是和父母讨价还价的筹码。她在16岁时就有了自己的穿衣风格，衣服是她的奖赏。作为家中独生女，她对父母经常出差感到不满，因此她母亲允许她在自己的衣柜里挑选衣服。她的父母从巴黎或东京回家时常常带回昂贵的时装。在和母亲相处的几天里，母女俩一般会去购物，这就是她母亲的放松方式。她们会去麦迪逊大道扫货，然后去圣安布罗斯甜品店[1]买个冰激凌或点心。

莉莉的母亲丽萨只把我的名字告诉她的好闺密们——那些和她一起做普拉提的女人。这些妈妈把我看作辅导救星，这让我感到受宠若惊。除了我的祖母，从来没有人如此器重我。不过有一次我差点错失机会，因为我问一名住在第五大道的家长："您家住在第五大道哪一侧？"她沉默良久，然后语带讥讽地回答："只有一侧。"我为这次"外地人"式的出丑自责了大半个月，不过最终还是得到了这个机会。

于我而言，给富人家小孩补习不是为了消遣。我不是为了证明我对大多数小说和历史年代了如指掌。即使住进了养老院，

---

[1] 圣安布罗斯（Sant Ambroeus）是意大利米兰有名的甜品店，此处是指在纽约的分店。此外，该甜品店在长岛南安普敦也有一家分店，只在夏日营业。——编者注

我也会清晰地记得德国统一的年份，我的记忆力就是很好。重要的是，获得补习酬金意味着我付得起儿子的保姆费，意味着我在盘腿坐时不必再担心露出鞋底的洞。

由于私立学校的老师大多是对补习嗤之以鼻的博士毕业生，他们的很多授课内容已经是大学难度，因此曼哈顿和布鲁克林部分地区的补习行业蓬勃发展。费用反映市场需求，有的补习老师每小时收费几百美元。SAT 和 ACT[1] 考试的辅导老师则自成一派。一些公司在几年前就投身于这片蓝海，提供每小时收费 300 美元至 800 美元的补习服务。这样的价格意味着要有相应的成效。我的补习价格是每小时 125 美元至 175 美元，很多家长告诉我应当涨价，而我从未那样做过。不过，无论价位高低，有时都很难从家长手里拿到酬金，即便那些家长拥有汉普顿别墅、把小孩送进一年学费 5 万美元的私立学校读书不费吹灰之力。（汉普顿是位于纽约长岛的度假区，在那里我连一顿饭都吃不起，更不用说住一晚了。）即便他们同意支付这笔补习费，在收到账单后也不一定付钱。当然，大多数家长会按照约定付费，但总有一两个"钉子户"。有一名家长连续几个月都没有给我付酬金，却频频现身社会活动并登上了光鲜亮丽的杂志。我的会计让我勾销这笔费用算了，但作为倔强的金牛座，我连

---

[1] SAT（Scholastic Assessment Test，学业能力倾向测验）与 ACT（American College Test，美国大学入学考试）均被称为"美国高考"。——编者注

续两周每天给这位富豪家长打电话讨薪，最终拿到了 600 美元（当时对我来说是一笔巨款），汇款方是她的私人财富管理账户。有的家长迟迟不付费是因为每一笔支付都需要他们的私人会计处理，而会计则表示自己无权开支票。我觉得只是借口。

也有一些家长从来不提钱的事。我跟他们谈及我提供的补习服务时，他们从不过问价格。我感到震惊，也有些担心，不知道该如何开口，因此我通常会给他们发一封邮件说明费用。钱不在他们讨论的范畴内，这一点令人惊讶。他们似乎并不在意，还会问我今年去不去汉普顿避暑。这种问题表明，他们对普通人的工资和物价毫无概念。有些家长的资产是继承的，也有些家长是自己挣钱，后者一定知道自己小孩的家教年薪远低于 10 万美元，除非这名老师相当资深。放眼全国，10 万美元似乎很多，但在纽约市不算什么，仅够支付一间两居室公寓的房租和基本生活开销——除非你足够幸运，在纽约住宅大幅涨价前已经购房。

一名家长曾经盯着我的黑色靴子问："是普拉达的？"

"香蕉共和国[1]的。"我回答说，心想她怎么会以为我买得起800 美元的鞋。我买鞋的这家店在马萨诸塞州的一家奥特莱斯购物中心，那里的一双鞋比从布鲁克林打车去曼哈顿还便宜。

---

[1] 香蕉共和国（Banana Republic），Gap 旗下美国大众普遍接受且喜欢的品牌之一，设计款式较为新颖，属于中高价位。——编者注

一开始，我装作自己也会去纽约富豪经常光顾的品牌店购物。我有一双在搞促销活动时买的稍微有点档次的平底鞋，平时尽量穿看起来价格不菲的宽松的黑色衣服。后来，我来到布鲁克林当老师，发现有的学生从小学就开始穿皮裤，有的学生一眼就能看出远处的芬迪手袋。我这才意识到，我没有从小接受时尚的熏陶，不可能现在马上形成纽约品位。我从来没有学习像纽约人那样穿奇装异服，比如把古驰长裤剪成短裤，或者把看起来不错的老妈年代的裤子配短袖穿。我对穿着的认识就是衬衫配卡其裤——我把这种风格称为"教师正装"。

　　我在布鲁克林逛精品时装店时常常感到困惑。我实在不理解这些衣服到底是什么、应该怎么穿。作为一个预算有限、工作对象是少年儿童的人，我不知道谁会买价格 350 美元的吊带裙，而且我是听到一个时髦的男学生在课堂上讲述他在玛兰蒂诺[1]的实习经历才知道的这个品牌。我记得他说："女人都喜欢玛兰蒂诺对细节的把控。"而我和其他学生根本听不懂他在说什么。后来，我放弃了时尚的靴子，改穿没有型的平底鞋，家长们再也不会问我穿的是不是普拉达了。我决定向家长们表明，我和他们不是一个世界的人。有些私立学校的老师看起来很时尚，我一度非常不解，直到发现他们的信用卡账单是由信托基金还款的。

---

[1] 玛兰蒂诺是凯瑟琳·玛兰蒂诺（Catherine Malandrino）创立的美国品牌，其服装线条可以表现出女性在半梦半醒间天然的柔媚气质。——编者注

有些家长理解，在纽约工作但没有信托基金的老师只能在曼哈顿和布鲁克林高地的外围地区生活。一名来自南方的上东区家长每次在我给她儿子辅导 SAT 时都会给我点晚餐。等我要回布鲁克林时，她会递给我一个袋子，里面装着烧鸡、土豆、蔬菜和饼干。她用田纳西口音对我说："你帮助我儿子，我照顾你。"有时她还会送给我一块巧克力千层蛋糕。她说没有亲自下厨为我做饭，为此感到抱歉。她的善意让我感动。而有的家长甚至连一杯水也不会给我倒。一名居住在布鲁克林高地的家长每天为放学回家的儿子准备点心，通常是一个火鸡卷或者一杯巧克力牛奶这样的可口食物。她（如果她不在家就是保姆）会把点心放到他面前的一个瓷盘上，铺好餐巾。她却从来没有问过我要不要喝点什么。难怪她一直拖欠我的工资。

工作是我认识世界的方式。我的全职工作是在一家精英私立学校担任学习辅导老师，由此认识了测评员和鉴定学生是否存在学习障碍的心理治疗师。他们很欣赏我，还给我介绍生源。有时他们介绍的学生太多，令我倍感压力。因为我除了工作，还要陪伴儿子和丈夫，实在没有足够的时间帮助所有存在学习障碍的学生。我每周工作六天，大多数周日还要工作大半天，即便如此，依然有不少家长和测评员恳求我挤出时间多收几个学生。

但我很谨慎，招收的学生数量从来不会超过我的能力范围。我对每一名学生及其家庭都尽心尽力，这意味着会与家长、治疗师、其他家教和学校老师有打不完的电话，而这些我都不收费。我时常思考每个学生的学习状况，回想他们说过的话和他们将面对的挑战，并想出新的策略帮助他们提升成绩。

我在工作中使用的一种最重要的工具是隐喻手法，也就是用学生能理解的话讲述学习内容。对我的学生来说，他们的教育目标是由他人制定的，而制定目标的人又有自己的目标——包括希望自己孩子成为学术巨星的家长以及希望八年级学生达到研究生水平的老师。我要做的就是引导学生遵循内心的方向。例如，我对体育生特雷弗说，学校就是为足球赛做准备的场所，而对优柔寡断、自卑的莉莉说，学习是一系列可控的步骤，每一步都在她的掌控范围内。

问题是，我通常并不了解学生的生活全貌。有些家庭会向我如实交代情况，但有些家庭则很神秘。

本的家庭尤其让我捉摸不透。他们全家住在一所豪华酒店里，但他的父母从来不回家。我通过谷歌搜索才得知，他父亲是美国证券交易委员会的调查对象，他母亲所出身的欧洲银行世家已与她断绝经济关系。我在酒店房间的桌上看到了心理医生和过敏症专科医生的名片，所以我猜测本患有抑郁症和哮喘，正在接受治疗。但他的母亲从来没有跟我提过这些，因为我一次都没见过她。

不过，正是由于这种神秘感，我才对他的家庭感兴趣。各种各样的孩子共同组成了一个万花筒，他们的兴趣、能力和情绪各不相同，每一个像本这样的孩子就是一种新的图案。虽然总的来说，本对阅读并不上心，但让我颇感意外的是，他居然爱读福克纳的《我弥留之际》。这本带有哥特式文学色彩的小说讲述了一个美国南方家庭中的孩子们埋葬他们母亲的故事。"真是一家疯子。"本笑着说，仿佛因为书中来自密西西比乡下的本德伦一家比他自己在曼哈顿的家庭还要古怪而感到欣慰。

他们不是我的孩子，我也没有将他们视如己出。他们像是我的朋友或弟弟妹妹，我觉得我只能为他们的生活带来一丝改变，反之亦然。我并不想用他们父母的养育方式来抚养我的儿子，当然，考虑到我的收入水平，我也没有这种能力。但我认为，通过每周一到两小时的辅导，我能给他们带来很大的帮助。每次辅导期间，我用两分钟暖场，然后开始讨论正题。在 50 分钟的课程中，我为他们提供阅读材料的历史和背景知识，然后分析作品，并提醒他们注意阅读技巧。

于我而言，这些辅导比我在学校的工作更有趣。在学校，我虽然与学生打交道，但也必须向美国大学理事会和 ACT 考试主办方提交数不清的申请表。另一方面，我之所以喜欢这份在私立学校的工作是因为我在这里遇到的一些学生不同于我课外辅导的学生，他们靠奖学金生活，家长绝对不会花钱找家教。安塞尔就是这样一名学生，他住在哈莱姆区[1]的一个小型公寓，

---

[1] 哈莱姆区（Harlem），纽约黑人住宅区。——译者注

父亲是一名艺术家。上私立学校意味着他会和他的同学来自不同的背景，而他的存在让我得以认识这类学生。然而在私立学校里，我几乎没有时间开展家教式的一对一深度辅导。

在私立学校工作也很不稳定，尤其是在年轻的时候。我曾经在一所上流私立学校工作，这所学校在众多申请者中只招收极少一部分学生。该校的很多老师有自己的圈子，并不欢迎我加入。有些人似乎有人格障碍，世界上的人都被分成了符合他们标准的人和不符合他们标准的人。在这里工作的第一年，我遭到一些老师的折磨，当时这些老师、学生和家长对我提出了极大的考验，看我是否有能力应对。

新老师在这所学校有一条必经之路，那就是向家长证明自己的能力。有一次，我同岗位上的一名老师在给家长的信中写错了学生名字，那名家长以为是我写的，于是打电话给我留言，劈头盖脸地吼道："你根本不关心我的儿子！"听到这通留言时我膝盖发软。还有一次，一名家长让我立即给她回电话，而我打过去时她又让我十分钟后再打。我常常感觉自己身处一间布满哈哈镜的房间。一年后，我觉得可以在这样的环境中继续生存下去——主要是半夜起床照顾儿子导致我睡眠不足，因此对周围的事物都不敏感——其他老师对我的态度才有所好转。

这所学校有很多善良的学生和家长，也有对我大吼大叫、在语音留言中辱骂我的家长。我敢肯定部分原因是我很年轻。我长着一张娃娃脸，所以即便30多岁了也没什么威严感。我在工作中经常感到孤独，在处理与学生和家长的关系上总是事与愿违。

相比之下，请我当家教的家庭对我更亲切。一些家庭把我看作救星，虽然我知道这种情感不太健康，但受欢迎、受尊重、受仰慕的感觉总是美好的。一名学生家长甚至对我说："你的学校能有你这位老师真是太幸运了！"但我的同事们未必这么认为——并不是因为我工作不努力或者不关心学生，而是因为有些家长总是找碴儿。由于学校日程安排紧张，我没办法经常回马萨诸塞州的家。有时在学生家里，我会思念波士顿附近的父母家。纽约是世界上最不友好的城市之一，在这里当家教能让我感受到自己被需要和被欢迎。

然而，获得家教工作不只需要熟悉关于德国统一的知识，更重要的是，我需要了解这群居住在第五大道的焦虑的人。一名通过评估上东区学生学习障碍而取得不菲薪酬的心理咨询师在看过我的资历（入选"美国大学优等生荣誉学会"[1] 的哈佛学子、罗格斯大学心理学博士）后，和我畅谈教育、学习障碍和

---

[1] 指 Phi Beta Kappa 荣誉学会，Phi Beta Kappa 源于希腊文，是"哲学为人生指导"之意。此学会为美国最古老的大学生荣誉协会，会员是在美国本科教育领域表现杰出的学生——他们在高等教育过程中表现出顶尖的学术水平，同时也代表了努力追求知识的精神。——编者注

私立学校等话题，最后她说："你长得也挺好看。"也就是说，仅仅上过哈佛、拥有心理学博士学位还不够。我即将进入的这个世界不允许肥胖的存在，没有人会发型不整，甚至老师都穿着德尔曼[1]平底鞋。在这里，没有痤疮的重要性不亚于阅读过乔治·艾略特作品全集。幸运的是，我从没得过痤疮。这名测评师对我赞不绝口，开始把我推荐给居住在第五大道和公园大道的家庭。

在参与到第五大道人们的生活中后，我才发现这名测评师所言不虚。她仅仅是对这个世界里或有或无的东西给出了现实的评价。

特雷弗家的人向特雷弗的表妹茱莉娅推荐了我。在给茱莉娅补习了几周之后，一天下午，我再次来到她家位于第五大道的豪华复式公寓，发现我未曾谋面的她的母亲一反常态地在家。她热情地迎接我，我正要和她谈谈茱莉娅的学习，一群摄影师突然出现并邀请我入镜。茱莉娅家中洋溢着圣诞节的气氛，茱莉娅的母亲即将登上一家全国住房杂志。我在表明不要入镜后被安排到了楼上茱莉娅的房间，茱莉娅则已习惯了她被杂志报道。她对这一切已经厌倦了。

当家教为我带来的不仅是生活费，尽管每个月按时获得

---

[1] 德尔曼（Delman）鞋子以其无与伦比的合脚性、卓越的品质和时尚前卫的设计而闻名，是美国鞋类中历史最悠久、最受尊敬的沙龙品牌之一。

——编者注

2000 美元是会上瘾的。生活在这样一个世界里，虽然我还过着忙碌且局促的日子，却仿佛离看似轻松美好的生活更近了一步。在许多个夜晚，我因为钱的问题而辗转难眠。我基本上每天都全勤工作，下班后冲向地铁站赶去做家教，然后去日托中心接儿子。我从不请病假，因为我不想错过任何一笔工资或让我辅导的学生失望。

一个春日，一名家长邀请我作为嘉宾去公园大道参加一场女性读书会活动，时间是下午 1 点。应该只有不用工作的女人才会觉得这个时间大家都有空吧。午后，我从学校溜出来，乘公交车穿过中央公园，意外地发现街上几乎没有车辆——原来我一直在学校埋头工作，错过了那么多漫步于纽约街头的机会。

读书会的女主人刚从华盛顿搬到纽约，她的丈夫之前在政府部门工作，现在进入了银行业。她身穿蓝色套装，戴着珍珠项链，踩着猫跟鞋，一头金发进行了挑染，梳得非常像胭脂鱼发型[1]。从她家的地址——86 街，不在任何一条大道上——就可以断定，她会快速找房子并且在年底前搬到更繁华的第五大道或公园大道。与此同时，举办读书会表明她正在尽力融入上东区的女性群体，我佩服她的勇气。相比之下，读书会上的其他女人一看就是纽约人。一名女士穿着一双绣着花朵图案的丝绸

[1] "胭脂鱼发型"是 20 世纪 80 年代在西方流行的一种发型，指头部左右两侧头发铲短，中间部分长。大卫·贝克汉姆一度青睐这种发型，引得球迷效仿。——编者注

长筒袜，袜子的零售价为 300 美元。（上东区有专门售卖袜子的商店，售卖我在结婚日之后就再没有穿过的那种袜子。）这些女人太瘦了，我都怀疑她们的内脏怎么塞得进去她们的身体。作为一个生活不顺就吃比萨的人，我惊叹于她们生完孩子并且生活在一座有 Zabar's 超市[1] 和意大利甜品店的城市里还能瘦得像竹竿。

这些女士端着小瓷杯，一边饮茶一边闲谈，对桌上摆放的点心视若无睹。我受邀就我写过的一本关于学习技能和注意缺陷多动障碍的书发言，现场的女士们向我抛来了一连串关于她们的孩子以及私立学校老师的问题。她们有很多时间可以用来细致分析孩子的生活，为孩子的将来做准备。她们的孩子大多才上小学或中学，但这些妈妈急于了解孩子未来的学习生活。不同于这些全职妈妈，我每次最多只能对未来几个月做出规划。因为忙于全职工作和家教工作，我无暇思考其他内容。

"你们中学的考试是什么样的?"这些妈妈问我。显然，她们并没有读过我的这本书，因为书中内容正是关于如何备考各种类型的考试和写作策略的。她们只想获取我所在的曼哈顿私立学校的内部指南。

"期中考试特别难，"我告诉她们，"孩子们必须写好几篇历

---

[1] Zabar's 位于曼哈顿上西区，是一家高级食材超市，占地面积将近一个街区，是该地有名的商业地标，经常在影视剧中出现。——编者注

史题材的论文，还要写既有思辨性又有丰富情节的长篇小说。"

一名家长想知道："孩子在入学前的暑假一定要上科学课吗？"

"是的，越来越多的孩子在上。"我回答，"孩子们上过暑期课程后在学校会表现更好，不会掉队。"

在我发言时，妈妈们不时发出惊叹的声音，我感觉她们和我形成了某种联盟。有些人收起双腿，大家围坐成一圈。我的发言向她们表明，我们站在同一战线，我会让她们的孩子顺利度过在私立学校的艰难时光。忽然之间，我身上的平价连衣裙和我忘刮腿毛这件事似乎都不重要了。我已经收腹——自打小时候起，我的肚子就长得与六块腹肌相反——好几个小时了，但我现在松开了肚子，松了一口气。她们欣赏我，尽管我的头发乱糟糟的。

我以前从来没有见过穿着如此考究的一群人。不紧不慢地聊读书，喝玛黑兄弟茶[1]——原来还可以这样愉悦地度过一个下午。这些女士甚至试图和我聊一些共同话题，比如，她们问我住在哪里。在我回答后，女主人急忙问她的管家："查理前几天刚去布鲁克林参加过棒球比赛，是在哪里来着？"

在询问管家后，女主人仍然无法告诉我她儿子比赛的具体

---

[1] 玛黑兄弟茶（Mariage Frères）是地道的法国品牌，擅长制作各种调香茶。

——编者注

地点，也许在弗拉特布什或者雷德胡克，抑或介于两地之间。无论如何，这是她对我的友好示意。她完全可以只扔下一句："我听说过布鲁克林。"这些妈妈十分礼貌，虽然她们只讨论了15 分钟我的书，之后就开始谈论她们的孩子、孩子的老师和活动了。通过她们我才知道，原来孩子们还可以去参加太空营。

在我临走时，这些妈妈送了我一个约翰·德里安（John Derian）设计的蝴蝶图案拼贴托盘，售价近 400 美元。我把它带回家用来收纳账单，我喜欢看到它被一摞纸覆盖住的样子。

参加过这次读书会后，我变得善于识别地铁上带着孩子的私校妈妈。她们并不常见，因为大多数私校妈妈都是打车或开私家车，很少乘坐公共交通工具。她们非常具有辨识度：衣着精美、有一头金发（少数是深棕色的）、常年练普拉提塑造出了纤细而健美的身材。我喜欢在去当家教或回家的路上旁听她们的谈话。

在某个漫长的周二，我早上 7 点就出门，下班后又开了 90 分钟的会，然后我撑着伞挤进地铁里的一个小角落，紧张地看着我的手机，希望能及时回家接保姆的班。我身边是一个妈妈，穿着深 V 沉肩袖迷笛裙，戴着镶嵌钻石和蓝宝石的生命之树项链。她旁边坐着一个 8 岁左右梳着法式辫的金发女孩。

这个妈妈问女儿："卡米拉，你想不想要一条新裙子在年终音乐会上穿？"女儿点点头。"你一定会很漂亮！"这位妈妈说。

"我能不能再买一条在麦迪逊的婚礼上穿?"女儿问。

"当然可以啦，傻孩子。在学校穿的裙子又不能穿去参加婚礼。去婚礼要穿另一种裙子。"妈妈说。

听到这番对话，我想起我在 8 岁的时候去哪里都穿着同一条裙子——从亲戚的成人礼到生日派对再到没有其他衣服可穿的温暖的校园。

我想象着这个妈妈穿着羊绒衫，踩着高跟鞋，牵着女儿来到上东区一家儿童精品时装店，店里的玻璃橱柜有序陈列着儿童服装，还有带蝴蝶结腰带的花朵连衣裙。音乐会当天，这个小女孩会穿着亮晶晶的 Crewcuts（J. Crew 的童装系列）小皮鞋，拿着同样亮晶晶的小手包。而我给儿子买衣服从来都是在网上批量下单，而且只买纯色或条纹衣服，我真羡慕这个妈妈可以花这么长时间为女儿挑选一条裙子。在出席音乐会那天，她女儿的法式辫子一定完美无瑕，而我连给儿子梳头的时间都没有。我永远跟不上这类人的生活节奏，我只是喜欢观察他们。

住在公园大道的家长每时每刻都在给孩子"打鸡血"，这让我感到新奇。我的大部分童年时光是在喂鱼和逗猫玩中度过的。有时候，我在家里后院的雪坑里玩，隔壁的一家爱沙尼亚人替我父母照看我。我基本上是散养长大的，因为在 20 世纪 70 年代石油危机期间，我们最关心的是家里的供暖问题，此外还忙于学习卡特总统推行的公制单位。虽然我的父母是来自布鲁克林的犹太人，但我身边几乎没什么人去过纽约。我们安静的雪中家园隔绝于城市的喧嚣之外，当时甚至连附近的波士顿也被学术重镇剑桥夺走风头，被视为一座衰败的城市。如果我和我的双胞胎兄弟从小生活在第五大道而非马萨诸塞州乡下，我的父母肯定会让我们在邻居家学习爱沙尼亚语。（想象一下在大学申请书上写上会说爱沙尼亚语！）在邻居照看我们的五年里，我们只学会了"熊"这一个词。他们说话像连珠炮一样，我只能分辨出我们的名字。不过在邻居家，我们看了不少爱沙尼亚民间舞蹈和 20 世纪 70 年代的哥特式肥皂剧《黑暗阴影》。我的父母当时在波士顿当律师，无暇照顾我们，我们就自己在家吃冰激凌，看《全家福》重播。我的童年就是这样普普通通。

而这些家长对孩子成绩的关心以及对我这名家教的重视让我受到鼓舞。家长在雇用我之前通常会在客厅对我进行仔细盘问，有些家长甚至会让助手给我安排面试，而且不止面试我一个人。我在去面试时常常会碰到其他面试者离开，后来我逐渐习惯了这种角斗士式的竞争。天冷时，我去面试时会穿上父母给我买的批发的羊羔毛外套，这是我唯一一件体面的冬装。在天气暖和时的一场面试中，我被迫穿上了我那件从塔吉特百货（Target）买的小黑裙。我把它和开襟羊毛衫搭配在一起，假装我每天都穿黑色的裙子。当然，我的平底鞋依然有洞。

这磨人的面试内容包括展示简历和回答一些问题，比如在哪些学校工作过以及是否在这家孩子的学校工作过。当了几年家教后，我差不多把中学生和大学生的必读书都读了一遍并记下了其中的内容，包括《杀死一只知更鸟》《罗密欧与朱丽叶》《奥德赛》《麦田里的守望者》《阳光下的葡萄干》《傲慢与偏见》《人鼠之间》《哈克贝利·费恩历险记》《哈姆雷特》《了不起的盖茨比》等等。我不介意家长的盘问，因为几乎没有我答不上来的问题或没教过的课程，而且我把自我介绍已经背得滚瓜烂熟。

我印象比较深的是，有一次我和学生家长约好在曼哈顿一家咖啡馆见面。我正在紧张地等待他们出现，迎面走来一名面带胡茬的男士，他穿着烟管裤，光脚踩着乐福鞋，西装前胸露出粉色口袋巾。我向上天祈祷我要见的人不是他，但的的确确就是他。我们暂且称他为唐·德雷珀，因为他让我想起电视剧《广告狂人》的主角。他的金发妻子美丽苗条，正如剧中唐的妻子贝蒂。我很好奇她为什么生完四个孩子还能保持这么瘦的身材，后来发现她每天早上在私人教练的指导下健身，中午前一直处于失联状态。

我一边喝茶，一边回答唐·德雷珀的问题，比如"你读过我儿子课程大纲上的书目吗？"。我读过，而且对其中一些书已经倒背如流，我甚至不用翻开书本就能告诉学生哪一段是在哪一页。

这对夫妇问我辅导过的其他学生"成绩提升了吗"。我回答说："如果孩子自己不努力，成绩不一定会提升，但如果他们完成了我布置的内容，成绩通常会提升。我不是万能的。"他们皱起眉头，看来对我的回答不太满意。

"你认识我儿子学校的老师吗？""我见过其中几名老师，也和他们多次通过电话。"我说这些老师是优秀的教育工作者，德雷珀夫妇不认同我这个观点，但他们还是雇用了我，或许是因为我之前教过他们儿子学校里的其他孩子。

见过家长后，我就要和学生见面了，看看我们之间是否有眼缘（家长们特别爱用这个词）。通常和学生谈完后，我已经迫不及待要点燃他对学习的热情了。我有一套固定的笑话，主要是先自嘲几分钟，然后告诉学生我们将会在阅读《奥德赛》或学习美国关税历史的过程中收获许多欢乐。

我第一次见到莉莉是在她上高中前的那个暑假。我告诉她，我们暑假会预习《了不起的盖茨比》，这本书很有意思。"我敢肯定你会喜欢。"我说。她笑了笑，焦虑的眼神中闪烁着泪花。我经常使用这个小窍门，提前帮助他们熟悉即将学习的作品。这有助于他们了解作品背景，也能帮助那些无法在短时间内阅读大量文本的学生规避一些困难。学生们喜欢听我犀利地点评他们的作业，因为这意味着我理解那些作业对于他们来说是多么无聊。在我辅导的几十个学生里，只有少数几个让人难以破题，就像密码之于图灵一样。

见过学生后，就要制订学习计划了。这是个艰难的过程，因为这些孩子的日程表排得十分满。多数孩子在课后要参加体育活动和团体旅行，而且他们经常外出。莉莉平时要上壁球课参加比赛，周末还会去汉普顿度假，所以她的课程几乎无法安排。

在我们第一次见面后，莉莉的妈妈打电话跟我说："莉莉超级喜欢你，我们非常希望与你合作。"

"谢谢。"我说。

"她的数学家教每周一和周五下午5点过来，你能6点来吗？"

周五下午是我的宝贵时光，因为我会在下班后直接回家照看儿子。在五个工作日中，只有在周五这天我不请保姆。

"抱歉，我做不到。"我回复她说。

"哦？周五下午6点不行吗？"她有点惊讶，"那周五下午7点呢？"

"我周五不上课。"我说。

"周六上午10点如何？"她问。这是一周中另一段我不愿工作的时间。"我们有时会在汉普顿，但我们可以先按这个时间来，春季再进行调整。"

"抱歉，也不太方便。"我说。如果他们去汉普顿，我不知道莉莉的母亲会怎么让我每周调整时间。"任一工作日下午5点前可以吗？"

"哎呀，"她犯愁了，"莉莉这么喜欢你。她周三下午4点要上私教课，所以周三不行。"

"我觉得这个时间不错。"我说。

"私教课不能取消，"她说，"这对壁球交叉训练很重要。"

"好吧，"我说，"那要么这个时间，要么周四下午 4 点。"

"也不行，她周四下午 5：30 要上壁球课，管家要带她去布鲁克林高地。"

"我觉得这个时间也不错。"我说。

"好吧。我看看露比能不能提前给莉莉准备晚饭，她们可以打车去布鲁克林。那样时间就会很赶，不过谁让她这么喜欢你呢。我们争取这样安排。"

就这样，我挤进了莉莉的日程表。为了节约时间，她总是一边学习一边吃寿司。在我们一起阅读《尤利乌斯·凯撒》时，她会津津有味地咀嚼着加州卷和金枪鱼卷，时不时咬一口海苔。所以，我现在一闻到酱油味就会想到莎士比亚。

家长们总是不愿意让孩子放弃任何一项活动，我如果由于不确定学生是否有空而失约一次就会挨骂。（那是在一次暴风雪期间，我决定不去上课，而是回布鲁克林的家。）这名学生的母亲显然很失望。"我为这次补习取消了一节小提琴课！"她嚷嚷着说，仿佛她儿子闲下来一小时就会坠入万劫不复的深渊。

在第五大道，休闲就和赘肉一样罕见，但恰恰是这些闲下来的时间才会让孩子们受益。关于这方面的研究不胜枚举，然而无论我如何宣扬休闲的重要性，家长们只会用看怪物一样的眼神看我。要想提高学习效率，孩子们需要时不时地停止思考，就像关闭电脑一样。他们需要休息来整理思绪。其实在休息时，大脑会下意识地运行，这就是为什么最好的想法往往是在洗澡或洗碗的时候冒出来的。在大脑处于放松状态时，自由联想能力会更加活跃。如果孩子们的生活一直被规划好了，他们就不知道该如何应对无聊或孤单。他们的大脑时刻准备着接受来自他人或电子设备的信息，丧失了认识自我、做梦、产生灵感和顿悟的机会。在形成价值观的童年，这些时刻尤为重要，但我辅导的学生们似乎都没空体会。

莉莉就是这样的一个孩子，她从来就没有体会过"心流"（flow）——这是匈牙利裔美国心理学家米哈里·契克森米哈赖提出的一个概念，指的是工作中的一种高效状态，处于这种状态的人精力高度集中，甚至会忽视时间的流逝。"心流"能让人产生幸福感，令人对自己的能力深信不疑。家长都希望自己的孩子体验这种感觉，但它并不存在于当代许多儿童的生活中。

莉莉每天早晨先参加壁球训练，然后去私立学校上一天课，放学后再去打壁球，最后回家写作业和补习。对她来说，壁球不只是一种小众运动，更是通往名牌高校——常春藤大学或顶尖文理学院——的入场券，因为这类学校的学生很多都是壁球高手。莉莉对我说，她很喜欢做针线活。我见过她的作品，穿针引线颇为讲究。"我想当一名服装设计师，"她看着手边的 *ELLE* 杂志[1]伤感地说，"但我没时间上时尚课。"我有一次看到莉莉做针线活，神态平和，动作娴熟，这是她能够放松并获得慰藉的方式。她拿针线比拿壁球拍更加得心应手，却不能自行做出抉择。

我在辅导学生时会和他们聊会儿天，开开玩笑，这可能是他们这一天来第一次放松，所以往往对此心怀感激。打壁球、一整天高强度的学习、再打壁球、接受两名家教的辅导（一个帮助构思关于《洛丽塔》的作文，一个辅导 SAT），这样一天下来实在太累。在学生们永不停息的日程中，我只是一个中转站，那我不妨让这一站有趣一点。因此，我常常和他们聊一些青少年感兴趣的话题，比如最喜欢"单向组合"乐队（One Direction）的哪个成员。我装作不假思索地说"泽恩"，因为我根本分不清其他成员。

给这些孩子当家教让我既振奋又感动。我同情他们的脆弱，又惊叹于他们的气质。他们就像普拉达生产的泰迪熊玩具，毛茸茸的，可爱又时尚。这些孩子身上那种漫不经心的时髦感是我无论如何也得不到的。他们自带法式气质，似乎应该再配上一辆浅色自行车和一根法棍面包。他们还有昂贵的装备加持，

---

[1] 法国时尚杂志，是一本专注于时尚、美容、生活品位的女性杂志，其中文版《ELLE 世界时装之苑》广受女性喜爱。——编者注

比如价值 200 美元的壁球拍。他们在私立学校读的书也很有品位，反正我在上高中时是无法想象在课堂上读《洛丽塔》的。他们能无忧无虑地写作、思考——我对此感到兴奋，这让我得以熬过漫长、灯光闪烁的地铁旅程，回到布鲁克林的家。

不过，有些住在公园大道的孩子也没有那么强的优越感。特雷弗的父亲不苟言笑，看起来像从《唐顿庄园》走出来的男爵，而特雷弗完全不受父亲的影响，他脸上有雀斑，穿着 T 恤衫和松松垮垮的牛仔裤，踢完球后身上散发着汗臭，口无遮拦地说学校的老师都很差劲。他会帮公寓楼门卫冲洗人行道上的口香糖。（难怪第五大道的路面如此干净。）他总是活力四射，走路蹦蹦跳跳，灵活地穿过牵着贵宾犬散步的老太太们。我不知道他是怎么做到和阴沉的父亲一起生活还如此快活的。

特雷弗的父亲庄重严肃，他走在纽约街头居然没有使路面塌陷，可谓是个奇迹。他连在夏天和周末也穿灰色服装。在工作日，他穿西装和白衬衫，佩戴菱纹领带。他的皮鞋永远锃亮，而且他浑身上下都没有一丝赘肉。他脸颊凹陷，连眼睛也是淡色的。挑剔是他与生俱来的特质。

特雷弗告诉我，他对父亲唯一的温暖回忆是，"小时候，爸爸周六上午会带我去他的办公室，他在一旁工作，我就在办公纸上写写画画"。我不明白特雷弗的父亲为什么只允许儿子在横格纸上画画，却从来不让他用画图软件。特雷弗在回忆童年时露出了笑容，他似乎认为这段经历充满欢乐——在我看来，这也算是某种奇迹。

通过莉莉，我有时得以见识到顶级富豪的生活。在给她当家教时，我喝茶用的是带有日式伊万里彩绘的罗森塔尔瓷杯。我去过她家位于汉普顿的度假别墅，在那里，我才能够短暂逃离纽约的喧嚣。有一名家长说，"夏天没有人待在城里"，但我和广大工薪阶层夏天都在城里努力挣钱。

在汉普顿这个超级富豪和未来富豪的避暑胜地，我才知道原来这些纽约人根本不需要工作，除非他们自己想去工作。在长岛上享受这种优渥生活的孩子确实是"盖茨比的儿女"，他们可以在绿草如茵的草坪上烧烤，也可以纵身跃入家中的泳池。他们还可以参加慈善拍卖会，并在拍卖会上见到上东区的其他熟人。甚至他们还可以在网球赛开赛前读一读《奥德赛》。许多家庭会在这里度过整个暑假，直到开学前的最后一刻才返回城里。开学后，这些家庭的孩子可以声称"我把作业落在了汉普顿"，而家中没有度假别墅的孩子在交不上作业时只能哑口无言。我在学校任课时很多孩子对我搬出这个理由，也就是说我应该对家里有两座房子的孩子更加宽容，而靠奖学金度日的孩子则没有任何理由不交作业。（家里条件不好的孩子其实可以说"我把作业落在我爸爸打第二份工的地方了"，然而他们从来没有以此为借口。)

莉莉家在汉普顿有一座低调而美丽的别墅：巨大的客厅里面摆放着白色沙发，外面就是大泳池。所有家具都是带有些许灰调的白色。我讨厌学生家里的白色椅子，因为我怕把它们弄脏。每次我站起来后都要紧张地检查一下椅子。如果我把鸡尾酒洒到了昂贵的椅面上，无论我多么精于分析浪漫主义诗歌也将无济于事。

开车去那里的路上，看到敞篷跑车，我就会想到盖茨比从长岛到纽约途中经过的"灰烬谷"。在一个晴朗的夏日早晨，我从布鲁克林前往长岛，感觉自己仿佛就住在"灰烬谷"——在《了不起的盖茨比》中，加油站工作人员乔治·威尔逊和他红杏出墙的妻子梅特尔就住在这个尘土飞扬的城郊地区。从某种程度上来说，布鲁克林和皇后区仍是纽约的垃圾场，是曼哈顿和长岛的富人们回家时必经的有碍观瞻之地。我曾在皇后区短暂地居住过一段时间，那里遍地都是加油站、洗车处、十元店、仓库、货车停车场……那里居住着医护工作者、保洁人员、保姆、老师和快车司机，他们为曼哈顿居民的生活提供便利。在莉莉家的泳池消磨一天后，我意识到，有些人路过"灰烬谷"就来到了富丽堂皇的宅邸，而对另一些人来说，"灰烬谷"是他们每天必须面对的现实。

到了夏季，我的工作就是辅导那些刚结束一天夏令营或打完一天网球的孩子。为了在傍晚和学生见面，我必须在晚高峰开车前往韦斯切斯特等地。在呼吸了两小时新鲜空气以及讨论了奥德修斯的冥府之行后，我将返回我的冥府——夏天的纽约。但在我启程之际，我口袋里的钱增加了一点点，肺里也储存了更多新鲜空气。

不过，我给纽约富豪的孩子当家教并不是为了体验富人区的生活和用上伊万里彩绘茶杯，而是因为我迷上了在与这些孩子短暂的相处时间里，为他们带去秩序感。我辅导的多数学生存在学习差异，但他们在学校必须应对高难度课程。我喜欢在短时间内把事情安排得井井有条，让别人感觉更舒适。这是由基因决定的。小时候，我的祖父母和其他亲戚来看我时会帮我整理衣柜、给我剪指甲。我的家族成员天生厌恶混乱，所以我也想把这种整洁感带给我的学生。补习期间，我努力解答他们的疑惑、为他们制订学习计划、把他们书包里的纸团和耳机掏出来、哄他们开心，同时教他们解方程式以及复习俄国革命。补习结束后，我总感觉他们的心灵衣柜整洁了一些。

我时常梦回中学时代。虽然我付不起心理咨询费（纽约的心理咨询师每小时收费 250 美元以上，而且不纳入医保），但我会在洗澡时用自由联想法进行自我治疗。我问自己为什么在中学工作的同时还给中学生当家教，然后意识到我是在试图穿越时空治愈青少年时期焦虑的自己。年少的我认为世界是在严格的道德规则下运转的，霸凌者必将失势，落单者终会获救。由于我的内心上演着道德戏，我的言行难免有失分寸。要是当时的我知道自己只需要暂时忍受同学们的残忍和狭隘、未来有更好的事情在等着我就好了，而这正是我当家教时力图传递给学生的观点。当然，当家教薪酬不错，对我来说也是必需的，但从教 15 年来，我从未涨过补习费。我完全可以涨价，尤其是在出版了若干关于学习问题和私立学校的作品后，但我一次也没有。因为和学生一样，我在这份工作中获得了更有价值的东西。

▶ 饼状图上面积最大的一块代表的是 50 万美元以上收入的群体，也有其他收入水平的群体，但占比较低，就像减肥的人吃的一小块巧克力蛋糕。

▶ 最富有的 1% 的人群看似前程无忧，但与他们相处后便会发现，事实并非如此。对他们来说，长岛的细软沙滩和葱郁海湾并非能够放松享受之地，而是充斥着更多的焦虑和竞争——他们不能在海岸的安宁中迷失自我。

第 **2** 章

饼状图上的
贫富差距

9 月的一个闷热的下午，云青青兮欲雨。我所在的这所纽约私立学校的老师们挤在一座潮热的小教堂里，盯着面前巨大的屏幕。学校请来一位咨询师检查我们的工作进度，满头大汗的他正在向我们分析我校的学生家长。屏幕上是一张由不同收入群体构成的彩色饼状图，显示了家长的平均收入。我闭上眼睛，不想看上面的内容。

　　"那么，贵校家长的平均收入是 75 万美元。"咨询师简略地介绍道。老师们发出一阵窃笑，混杂着叹息和嘟哝。为了弄清楚同事在笑什么，我强迫自己看了一眼屏幕。饼状图上面积最大的一块代表的是 50 万美元以上收入的群体，也有其他收入水平的群体，但占比较低，就像减肥的人吃的一小块巧克力蛋糕。我脸上发烫，为自己感到羞愧，因为我比大学同窗穷太多。我第一次见到富豪是在哈佛读书时，我知道自己无论如何努力也不可能达到他们的阶层。在大学期间几次短暂的曼哈顿之旅中，我尴尬地意识到，我的人字拖和卫衣已经给我打上了外地人的标签。自那之后，我再也没有真正想去模仿那些精英。

我知道我们学校的家长很有钱，但我尽量不去多想。我不去看他们的羊皮靴和昂贵的协力车上坐着的身穿法国海魂衫的小朋友。就算看到了，我也不去想这些物品的价格。但眼前这个咨询师用饼状图直白地告诉我：这些家长的收入大约是我的十倍。

在这位咨询师披露了这些数据后，在座的老师们看起来满不在乎，就好像他们早就知道学生家长是多么有钱，所以并不为此感到震惊。我依然感到羞愧。有意思的是，我并不是因为教师工资过低而感到愤怒，而是觉得自己永远无法追上别人的脚步，而且害怕别人发现这一点。我想，在学校里拿奖学金的学生可能也是这种感受——戴着假的雷朋墨镜和看似昂贵的人造珠宝，假装自己消费水平不低，然而一旦有人问他们去哪里度假了，他们只好承认自己假期一直待在位于布鲁克林弗拉特布什大道的家里。

这位咨询师的讲座还包含不少其他信息，包括家长对学校提供的不同服务的感受。迄今为止，我校最受学生和家长欢迎的部门是大学招生咨询办公室。在座的老师们爆发出热烈的掌声，致敬我们聪明勤奋的升学顾问。我不嫉妒升学顾问，但我为其他老师感到遗憾——他们每天认真备课、与学生相处、关心学生的学习进度。总体而言，任课教师永远不会成为私立学校最抢手的人员（虽然个别老师可能很受欢迎），因为他们负责判卷评分，而总有学生分数不够理想。我校家长在孩子高中最后一年基本上一直忙于升学问题，在他们眼里，升学远比前 12 年的学习重要。

在曼哈顿、布鲁克林和帕洛阿尔托这样的地方，资产排名位于前 1% 的富豪人数众多，来自各行各业。美国加州大学伯克利分校的伊曼纽尔·赛斯（Emmanuel Saez）和加布里埃尔·祖克曼（Gabriel Zucman）的研究显示，在 2012 年以前的 35 年里，最富有的 0.01% 人群的收入增长了三倍，前 1% 人群的收入增长了两倍。跻身最富有的 1% 群体（这些人在"占领华尔街"运动期间是千夫所指的对象）的要求是年薪达到 38.6 万美元（2014 年数据）；而要跃居前 0.01%，年薪需要达到 150 万美元。按平均收入划分，我校家长位于前 0.1%~0.5%。当然，这些数据是在全国范围内统计的。在纽约，成为最富有的 1% 需要达到 155 万美元的年薪，而这一阶层的平均年收入是 898 万美元。上述研究是在新冠疫情前开展的，而疫情显然进一步扩大了贫富鸿沟。资源充足的私立学校为学生提供了丰富的远程学习项目，而许多公立学校几乎没有此类课程，或者家里没有电脑和网络的学生无法远程上课。富人躲在怀俄明州这样地广人稀的地方远程工作，有时会给孩子请家教，而穷人只能继续在人口密集的城市工作，承担感染病毒的风险。

在前 0.01% 的富豪中，许多人拥有自己的企业，其中 1/5

从事金融工作，包括私募和对冲基金，因此他们能够充分利用适用于有限责任公司和 S 公司的个人优惠税率，而非适用于普通公司的更高税率。美国高收入家庭中有 12% 居住在纽约，5% 居住在洛杉矶。

结果就是，苏豪区（SoHo）、上东区、布鲁克林高地和丹波（Dumbo）等地聚集了大量超级富豪。纽约的富人曾经集中在曼哈顿，如今已经散布到布鲁克林和皇后区的一些日益高端化的社区，甚至开始出现在斯塔滕岛和布朗克斯。如今，皇冠高地和格林堡等社区的人过着平行的生活：政府为贫困家庭建造的安居工程楼盘隔壁卖着价值 100 美元的干邑白兰地，20 多岁的信托自由儿[1]喝着斯坦普顿咖啡（Stumptown Coffee），他们的邻居几代人都把这些社区当作自己的。有一次，我在学校看见两个上排球体验课的女孩在聊天，其中一个说她来自上东区，另一个则来自贝德福德－史岱文森（布鲁克林区的一处贫民窟），但她俩外形看起来一模一样，都是一头金发、个子高挑、身形健美。由此可见，纽约的社区越来越趋同。

当然，我校家长的平均收入未必准确，因为一些超级富豪抬高了平均值，而这意味着另一些家庭收入低于平均值。但既然学费是 5 万美元，就说明大多数学生来自相当殷实的家庭。纽约不

---

[1] 指那些来自富裕家庭的年轻人，他们拥有的信托基金让他们不用遵循世俗的工作态度和生活方式。——编者注

少私立学校为 15% 的学生提供一部分资助，但能把孩子送进私校的家庭至少没有经济困难，除非是来自普通家庭但争取到了奖学金的学生。在 2017 年之前的 20 年里，全美各州私立学校学费的涨幅超过通货膨胀的速度，因此私校生源只有三类：获得奖学金的学生、获得资助的学生以及来自最富有的 1% 家庭的学生。

许多根据国家标准算得上富裕的家庭也会得到资助，因为学生一经录取，学校就会为他们的家庭提供帮助。有的家庭拥有多套房产且有多名子女在私立学校上学，因此背负高额债务，学校也会为这些看似富足的家庭提供资助。

一个有意思的现象是，在全国各地，富人比穷人生的孩子更多，这与上一代人恰恰相反。我的很多客户都有三四个孩子，且名字大多比较中性，听起来就像 J.Crew 的商品目录：亨特（Hunter）、杰克逊（Jackson）、德温（Devin）、泰勒（Tyler）。最富有的 1% 富豪在经济蛋糕中所占的比例越来越高，他们在养育孩子方面有更强的经济能力，也能为孩子投入更多资源。所以，私立学校门口的一辆辆林肯豪车里总会走出好几个孩子。如果一个家庭有多个孩子在同一所私校上学，这个家庭往往会获得学校的更多青睐，因为这意味着这个家庭会交更多的学费并且对学校更加认可，而这样的家庭也往往是最富裕的。

20 世纪 70 年代的标准家庭是夫妻都有工作，养育两个孩子，而如今越来越多富人选择生育更多孩子且妻子当全职妈妈。这些超级妈妈带着孩子穿梭在运动场、补习班和医院之间，而她们从事金融工作的丈夫则投身于事业。

这些妈妈在家没有一丝懈怠，不会像我一样用微波炉热晚饭、垃圾袋用了好久也不换。她们不会错过每一个返校夜，不会在五天后才看到老师的邮件，也不会忘记带孩子去看过敏科医生。她们全力操持家务，家庭就是她们的研究课题，是她们的使命和热情所在。如果孩子考试没考好，就说明妈妈的工作不到位。在她们的世界里，男女分工泾渭分明，就像 20 世纪 50 年代时一样。我在工作中接触到的家长 90% 都是妈妈，偶尔会有一个爸爸。在大多数情况下，妈妈都是照顾孩子的学习和生活、请家教并和家教沟通的人。这些妈妈绝大多数在名牌大学接受过良好教育，对养育孩子十分上心。与她们相比，我简直无地自容。我的儿子从出生到上幼儿园都穿着不合身的衣服（部分原因是他不喜欢去商店试衣服），头发常常都长到戳眼睛了还没剪（日托中心的老师给他戴上发卡，用来礼貌地提醒我该带孩子剪头发了）。在儿子的成长过程中，我的"成就"屈指可数——喂他吃几瓣橘子，在他 3 岁时送他去上绘画课，给他找了一个不会说英语的声乐老师却成功教会他如何用丹田发声。

在私立学校工作的许多老师大多也和学生一样幸运。我们接受过高等教育，能有一份和小孩打交道的工作。私立学校的学生总体上对学习很有热情，而且基本没有公立学校学生普遍遭遇的校园暴力问题。但私立学校的老师与家长的收入差距——尤其是在纽约——是个不可忽视的问题，它会影响双方的互动以及许多学生的人生观。

纽约的老师们生活得越来越窘迫，他们很难找到合适的房子，因为这里的两居室公寓价格动辄超过 100 万美元。我在 20 世纪 90 年代中期初次来到纽约时住在上西区一栋舒适的公寓楼里，有一条路通往中央公园，与上东区只有一街之隔。好莱坞影星劳伦·白考尔是我的邻居，而且我几乎每天都会看到《麦克马伦兄弟》里弟弟的扮演者来回踱步，似乎在等经纪人的电话。后来，我在布鲁克林科布尔山的一条林荫大道上租了一栋宽敞的房子，长期居住在那里的意大利人会在 7 月 4 日那天放烟火而不受责罚。

2007 年左右，房地产泡沫导致纽约房价飙升，我在布鲁克林租了一套两居室公寓，楼上的邻居是生意兴隆的毒品贩子，一个长着菜花状耳（显然是打架的结果）的男子是公寓楼里的常客。那栋公寓楼外表不堪入目，墙面上布满密密麻麻的空调孔。

后来，我租住进了布鲁克林一栋摇摇欲坠的木屋的地下室，那里有冰凉的地砖、微弱的暖气，门廊上的洞大到可以钻进一只雪貂。债台高筑的房东住在我楼上，他们常常把房子一连几周租给爱彼迎房客，其中包括一对比利时夫妻和他们已经成年的儿子以及一群法国音乐家。比利时一家人白天基本在外面，而法国人有一次开派对开到凌晨3点，然后敞着大门就走了，而我们所住的地方枪击案频发。再后来，我搬到了皇后区，附近全是十元店、废弃医院和按摩店，我去学校需要坐一个小时的地铁。我的很多同事也住在纽约郊区。纽约的私立学校都位于老师住不起的地方——上东区、格林尼治村、布鲁克林高地、公园坡。老师和学生之间横亘着与日俱增的地理和经济鸿沟。

在私立学校，老师的受教育程度不亚于学生家长，甚至更高，只是他们选择了不同的职业，因此薪酬只有家长的十分之一到七分之一。我曾任职于多所私立学校，招生办是我最经常碰见哈佛校友的地方。在互相恭维的时候，我经常觉得自己不是派对上的宾客，而是一名用人，就像《唐顿庄园》中住在楼下的那些人。

为了维护自尊，私校老师有时表现得比较傲慢。我曾经的一位同事一边竭力兜售着他写的剧本，一边取笑家长们错误百出的电子邮件，这是他在工作中寻找优越感的方式。由于享有学费减免待遇，很多私校老师会把孩子送进自己教书的学校，因此他们既是老师也是家长。这些老师的孩子应该属于纽约市中产阶级，而这个群体变得越来越罕见了。

有时，收入差距会影响教学。有一次，一个二年级的班级布置作业，要求学生用鞋盒制作恐龙模型，结果好多学生带来了用莫罗·伯拉尼克[1]的鞋盒子做的霸王龙。这些小朋友还不知道鞋盒上抢眼的品牌标志意味着什么，而是着迷于乳齿象和翼手龙之类的恐龙，但随着他们逐渐长大，收入会成为教室里无法回避的话题。

曾经有一名学生问我什么是炫耀式消费，我作为一名高二的历史老师，竟然难以做出准确的解释，因为这个词描述的行为——为向他人展示自己的富有而消费——对于我的学生们来说再自然不过了。在我解释完以后，他们依然不解地看着我，仿佛在说："人们当然是为了向别人展示自己多么有钱而去消费，不然呢？"然后我想到可以用镀金时代作为炫耀式消费的例子："比如这个时期的罗得岛新港和第五大道。"我看到一个学生露出不舒服的表情，不过没有多想。那天晚些时候，我沿着第五大道前往学生家里做家教，突然意识到："天啊，第五大道对他们来说并不是一种符号，也不是例子，而正是他们每天生活的地方！"我的脸一下子红了，原来我所以为的常识对我的学生来说是另一码事。

有一次在高二历史课上，我讲到工会，那节课让我感到格外不自在。其实，我还挺有资格讲的，我的祖父母都是工会的忠实成员，我的祖母是医护工作者联盟 1199 工会的组织者之

---

[1] 莫罗·伯拉尼克（Manolo Blahnik），英国鞋履品牌，它的鞋是高跟鞋中的贵族，意大利纯手工制作，被人们称为最懂女人心的高跟鞋。——编者注

一。我天真地以为所有纽约人都支持工会。我的学生首先站出来反驳我。

"我爸爸说工会影响做生意。"一名学生说。

"工会让商品更昂贵。"另一名学生补充道。

作为一名教学新手,我花了很长一堂课教导学生,受压迫的穷人终会奋起反抗。我固执地将这段作为我最重要的课堂内容,即使无论我说多少遍,大多数学生都无法领悟其中的真谛。我第一次谈到这个问题时,学生们沉下了脸,我为自己让这些稚嫩的心灵接触如此沉重的话题而感到抱歉。后来再说到这个话题时,学生们互相对视,心照不宣,仿佛在说"格罗斯伯格老师今天心情不太好",然后就开始走神。我最钟爱的一名学生称之为"格罗斯伯格老师关于悲惨人生和人终将死去的演讲"。班上一些其他学生——来自加纳和萨尔瓦多移民家庭的孩子——则一言不发。我问他们怎么看,他们只会耸耸肩。我认为他们一定对这个话题有更深的共鸣,只是不愿意在课堂上讨论。

纽约多数私立学校的家长都自认为是自由派,虽然他们持有的一些观点可能并不符合自由主义精神。在学校举办的模拟选举活动中——假设学生一般会按照自己家长的立场投票——民主党候选人总是稳操胜券,这也与整个纽约市的选举结果相似。多数学校的家长都支持自由派价值观,不过也有一小部分人自认为属于被忽略的保守派。

身为自由派人士，却把孩子送进私立学校而非公立学校——为了协调这两项看似矛盾的事实，许多家长对学校慷慨解囊。他们不仅资助学校，为学生提供经济帮助，还投身于各种筹资活动。一位热心的家长甚至出资让学校所有老师免费参观布鲁克林博物馆。

纽约私立学校的许多家长是像盖茨比那样的新贵，但也有不少家长来自权贵世家。沃伦是我辅导过的一名患有注意缺陷多动障碍的男孩，他就来自这样一个背景雄厚的世家，他家还带有一丝苏豪区的波希米亚色彩。他的父母、祖父以及之前的祖祖辈辈都是哈佛大学校友，他们家的财富既来自继承的家业——沃伦的祖父曾向哈佛大学博物馆捐赠了几百万美元——也来自沃伦母亲在华尔街的工作。沃伦的父亲是一名颇有品位的陶瓷艺术家，他把家里的阁楼刷成了浅橙色的。沃伦的两个哥哥姐姐也是哈佛校友，因此他们家现在的问题是沃伦能否进入哈佛。或许是因为家世显赫，沃伦的父母心态十分平和。他们在谈及沃伦的教育时总是更关心他对所读书籍的思考、他练习大提琴的情况以及他即将前往西班牙体验的交换生活。他们家的餐桌摆满了陶土碎片和《纽约客》杂志，而且他们总是待在家里。他们家的社交活动也是在家进行的，而不是在外面的餐厅。他们是我认识的为数不多的家人在家能感到自在的家庭。他们家并不完美，但很另类，家中摆放着枯萎的绿植、早期妇女参政权争取者的画像和一架祖传的钢琴。

要了解第五大道上小孩的成长过程，就需要了解私立学校。几乎所有位于纽约前 1% 的家庭都会把孩子送进私立学校。虽然纽约五大区各有一些重点高中，如史岱文森高中、布朗克斯科学高中和布鲁克林拉丁学校（模仿全美历史最久的公立学校——波士顿拉丁学校），但这些学校很难考，而且课程难度止步于高中水平。纽约也有一些不错的公立小学，但大多位于高档社区，由学生家长出资开家长会以及举办市政无法支付开销的活动。然而，位于前 1%（尤其是前 0.01%）的家庭依然更青睐私立学校。在纽约，私立学校从来不需要担心招生问题，因为需求远远大于供给，部分原因在于公立学校通常学生众多、教学资源紧张，而纽约多的是愿意为孩子十二年的学习生涯每年支付 5 万美元学费的家长。

根据斯坦福大学的肖恩·里尔顿、哈佛大学教育研究生院教授理查德·默南以及博士研究生普利亚·P. 姆贝基尼和安妮·兰姆共同撰写的一份报告，过去几十年来，私立学校学费上涨了五倍，而中产阶级的收入基本没有变化。这意味着中产阶级家庭越来越负担不起私立学校的学费，即便是稍微低一些的教会学校的。过去，天主教会私立学校的生源主要是中产家庭的学生，但近几十年来那里的生源越来越少，而私立学校学生的阶级日益趋同：他们都来自富裕家庭。里尔顿认为，这种现象导致富人家的孩子与属于其他经济水平家庭的孩子之间形成了"共情鸿沟"。报告指出，收入不平等和种族不平等密切相关，而富人家的孩子在受教育的过程中往往与来自其他经济和种族背景的孩子没有什么交集。虽然私立学校试图用助学金吸引各个社会背景的学生，但其主要生源依然来自有钱的白人家庭。

纽约私立学校的家长与老师以及学校行政管理人员之间的互动，与公立学校的大相径庭。过去，私校家长可能把孩子送到学校门口，和校长握个手，然后离开；但如今的家长希望和老师有更多面对面的交流和互动。我多次在学校附近的咖啡馆听到家长详细地讨论老师。他们会花很多时间思考和分析什么样的老师最有利于孩子的学习。

从教多年，我对前0.01%的家长有了更具体的认知。私立学校的家长与老师以及行政管理人员之间交往甚密。作为一名辅导有学习障碍的儿童的专家，我几乎每周甚至是每天都会收到家长的电邮或电话。我经常和家长进行长达好几个小时的会面，这和许多大型公立学校每年10分钟的家长会完全是云泥之别。

私立学校家长把学校视为一种社交场所。在我曾经工作过的一所学校，家长送完孩子后会在学校餐厅点杯咖啡，坐上一小时左右。有的私立学校家长（主要是妈妈们）在送完孩子后会去学校附近的咖啡馆聚会聊天。有一次快到中午时，我去学校餐厅买咖啡，刚好听到一群家长在讨论老师和孩子。

"普林格老师和拉瑟姆老师完全不一样，"一个妈妈说，"她似乎搞不懂我家的莱克茜。"

"你们觉得那个关于印第安人的作业布置得合理吗？"另一个妈妈一边优雅地吃着绿茶松饼一边说，"她在交作业前一天才通知我们，搞得我们差点来不及去买纸板和陶土。"

"拉瑟姆老师这一点就做得很好，她会提前一周布置作业，我就能做好准备。"

"确实。印第安人作业要交的前一天晚上我在读书会，只能晚上9点半赶回家用陶土捏房屋模型，亨特把他的足球袜撕开当作印第安人的缠腰布。我想再吃一块松饼。"

这些家长想知道孩子在学校里发生的一切，并帮助孩子完成作业。他们的确有许多机会参与其中。他们可以随时联系孩子的学业顾问——负责监督管理学生学业和课外活动的老师，还可以参加学校组织的下午茶、百乐餐、筹资会、节日庆祝活动、各种会议和志愿活动。家长们在参加家长会或排球比赛时中途离开的情况屡见不鲜，而且时常会有家长出现在给孩子打低分的老师的办公室外面。有一次，我开完会回到办公室，发现一名学生家长坐在沙发上。他事先并没有和我约好见面，而是见完另一名老师后直接来我办公室等我。

虽然几乎没人喜欢这种临时会面，但纽约的私立学校总是为家长提供无微不至的客户服务。例如，老师如果要给一名学生的作业打低分——通常指的是 B- 以下的分数——就必须提前告知家长，并给学生留足能大幅度提高成绩的时间。从许多方面来说，这种做法是公平的，因为老师不可以突然给学生打低分。然而与此同时，许多家长也以"未提前收到通知"为由，反对老师给自己的孩子打 C 以下的分数。

这些家长有资源也有兴趣参与孩子的学习过程。他们了解教育行业，常参加讨论如何帮助孩子学习的研讨会。他们在会上可以和老师就孩子的学习情况滔滔不绝地讲上一个小时。有一个妈妈曾在开会时专业地说："我女儿更擅长解码而非编码。"她还知道"学习如何阅读"这一过程中的复杂之处。她绝非个例，许多家长会聘请测评员评估孩子的学习模式并撰写分析报告，这项服务收费高达 4000 美元，而且通常不在保险覆盖范围内。

私校家长对孩子要做的大多数决定都要进行一番细致的分析。我记得我小时候会带回家一张油印纸，让家长在上面勾选是学习西班牙语还是法语。如今，家长会仔细斟酌自己的孩子更适合学习哪门语言，并和老师、评估员以及其他人讨论，然后再做决定。许多私立学校还提供普通话和拉丁语课程供学生选择。家长们会权衡学习普通话是否能在未来为孩子提供商机，而事实是，几乎没有几个美国高中生的中文能达到在北京买肉包子的水平，更不必说谈生意了。

家长在每个学期都会帮孩子选课，一些家长倾向于选择拓展课程或 AP 科目，即大学预修课程。（不过有些私立学校已经不再教授 AP 科目，因为这些科目的内容是固定的，而这些学校希望自主决定教学内容。）家长往往在春季学期和老师讨论秋季学期的课程选择，而且会在开学季与孩子的学业顾问、老师和补习老师开会商讨孩子的培养计划。家长会事无巨细地给学业顾问发邮件，理由小到书本丢失，大到孩子和老师关系不睦。有时家长每天都会和老师联系。多数情况下，家长是尊师重教的，但有时他们也会和老师发生冲突，其中不乏家长向学校管理人员告状的情况。

家长如果对孩子的分数不满意，常常会越过老师，直接向学校的管理人员投诉。我当历史老师的时候就被投诉过。一个以前也得过 B（但次数不多）的学生写了一篇跑题的作文，虽然他的论据充分，我也能看出他很用功，但就作文本身而言，我还是给他打了一个 B。他的家长没有直接来找我，是一名行政老师告诉我，这名家长对她说："我儿子的作文从来没有得过 B。"我快速查阅了学校数据库，发现这名家长显然所言不实，不过行政老师向我复述了这名家长的话（她把两人的对话几乎一字不落地记下来了），并要求我重新批阅这篇作文。我翻出这篇作文，急于找到加分点，然而重读后还是觉得它跑题，甚至给 B 都有点高了。我没改动分数，也没告诉这名家长。其他老师告诉我，行政老师可能会改这名学生的期末成绩，但她没有改，而且再也没有提及此事。不过，自那以后，这名学生就对历史课产生了偏见。

前 1% 的富豪家庭与私立学校打交道的方式不同于其他纽约人与公立学校打交道的方式。比如，莉莉的管家露比的儿子马尔科姆在布鲁克林弗拉特布什的一所公立学校读书。马尔科姆是个聪明的孩子，然而对学习没什么热情。老师很少提醒露比马尔科姆哪门课会不及格，但学校已经连续好几年要求马尔科姆参加暑期班，因为他平时的成绩不尽如人意。露比总是在学年末临时收到马尔科姆需要上暑期班的通知。马尔科姆和老师的关系一般，他虽然彬彬有礼，但在课堂上很沉默，总是低着头。露比每年要和马尔科姆的老师们有一次 10 分钟的谈话，可每次谈话那天她都需要工作（私立学校的家长可以选择自己方便的时间，而公立学校的家长没有这种便利）。她认为马尔科姆可能到时候拿一张高中毕业证书就可以去和他父亲一起工作了。而他父亲，也就是露比的前夫，在布鲁克林另一家公立学校当门卫。

露比自己正在纽约城市大学迈德加艾佛斯学院（布鲁克林）攻读副学士学位，希望将来去一所小学当助教。她每周六上午上一门课，我有一次去给莉莉补习时看到露比坐在餐桌旁学习美国南北战争史。她的大女儿卡珊德拉在公立学校读书，成绩不错，获得了纽约市立大学奖学金。然而露比会为马尔科姆的前途发愁，她一边学习一边叹气："他只能自己想办法了。"

当时，莉莉的数学家教正要从书房出来。我和露比聊了几分钟，然后就要去辅导莉莉了。和露比一样，莉莉也在学习美国南北战争史，不同的是，她还要阅读玛丽·博伊金·切斯纳特（Mary Boykin Chesnut）撰写的第一手资料。切斯纳特来自南卡罗来纳州，她的丈夫是南部联邦的一名军官，她在内战期间写下了一本生动的日记。我带着莉莉细读资料，帮助她理解文本和复杂的背景。与此同时，露比在隔壁房间独自学习内战的主要战役。

莉莉和露比在相邻的两个房间里埋头苦读的画面表明，并非所有纽约人都过着奢华无忧的生活。在一座850万人摩肩接踵的城市里，很多人拼命工作，只为生存。当然，相比于露比，莉莉的生活安逸得多。露比住在她姐姐位于布鲁克林弗拉特布什大道家中的地下室，在奥巴马医改法案出台前，她从来没有医保。

这并不意味着纽约的富人都无须进取，虽然他们过去的确过着高枕无忧的日子。20世纪70年代到80年代，我丈夫在纽约私立学校读书，那时的家长参与学校活动远远不如现在频繁，除非参加家长协会活动，否则家长整个学期可能只会在返校夜去一趟学校。我丈夫（他从普林斯顿大学毕业后进入新闻界工作）说，他备考SAT总共只用了5分钟，当时只有第一次考砸的学生才会找年迈的老师补习数学，然后再考一次。他们当时最大的担忧是在放学路上被街上的小混混抢钱。那时，纽约经济不景气，郊区化导致私立学校生源减少，学费比现在低。我丈夫就读的私立学校招收了很多教授和不知名演员的孩子。高二时，他的升学顾问对他吼出："普林斯顿！"他就照办了。据我所知，这就是他的升学过程。他之所以能够顺利考上普林斯顿，一半是因为他学习资质不错，另一半是因为他所在的私立学校和普林斯顿招生办之间的渠道当时较为畅通。

那些田园诗般轻松的时光一去不复返了。现在，前1%的人和其余99%的人同样努力。富人家孩子上大学不再像以前那么容易，而是需要面对来自国际学生的竞争；家长在午餐时也不再小酌一杯，而是集体奔赴健身房，以踏车减重。这一代人不再纵情享乐，而是时刻担心自己的地位是否稳固，而子女出息最能体现一个人的地位。孩子们不能做自己，而是被父母塑造成他理想中的样子。20世纪70年代，我丈夫还是个10岁的毛头小子，他经常骑着自行车在纽约晃荡，而当时街上有不少打劫的。如今的小孩被一群专家老师从这里护送到那里，根本没有时间在曼哈顿骑车闲逛（家长也不会允许他们这样做），他们不了解自己所在的城市，缺乏前几代人的街头智慧。虽然现在的纽约比连环杀手"山姆之子"出没的年代安全多了，但会认路总是没错的。我教过一个金色鬈发男孩，他身高约1.65米，体重55公斤，有一次为了及时赶上长曲棍球课，他想从哈莱姆公园大道的铁轨下穿过去，结果手机一分钟之内就被两个男孩偷走了。他后来承认："看来这条捷径不好走。"不过大多数小孩都是乘专车或打车去上课，不用坐公交或地铁。

家长担心孩子。如今，从家长到学生，每个人都焦虑不安。9 岁多的小孩就有自己的手机，用来和家长保持联系。一旦电子成绩单上出现低分，孩子马上就会收到家长的短信。除了穿着露露乐蒙（Lululemon）做高温瑜伽的时候，富人没有其他时间喘息。

仅仅听一听——还不是亲身体验——这些家庭的日程安排就让我感到疲惫。在学校工作一天、做完家教、把儿子哄睡后，我只想打开葫芦网（Hulu）看《阴阳魔界》（*The Twilight Zone*）。而这些家庭从来不曾停下步伐，他们投身社交，参加公益聚会，开展夜场运动（冰球队常常在晚上 9 点到 10 点练习，这也是队员们仅有的空闲时间），连睡眠都是一种奢侈，但这些精英小孩的辛苦往往不为人知。一位珠光宝气的妈妈曾对我说："整个圣诞假期我都在睡觉。我已经筋疲力尽了。"

这些家长不会在晚上关灯，催孩子上床睡觉。我在上学时，如果晚上过了 10 点半还在学习，我父母就会催我睡觉。在我工作过于勤奋时，他们告诉我要学会平衡工作和生活。而私立学校的家长不是这样教育孩子的，他们允许孩子熬夜学习，而每周随着时间的推移，孩子们会逐渐开始崩溃。莉莉在周三晚上会格外感伤。每到周五，学校里有不少学生会情绪失控，甚至失声痛哭，仅仅是因为疲惫。

告诉这些孩子生活要更有规律、养成更好的睡眠卫生习惯并不难，但他们的生活规划让这些建议几乎不可能实现。如果一个孩子参加校队，在晚上七八点才能回家，就很难在一个小时内完成作业，因为一个高中生的作业通常要花三四个小时才能完成。周末，这些孩子本应该好好休息或者温习一周的功课，实际上却要全力以赴奔赴各地的巡回赛。这些年轻人的生活节奏和首席执行官一样，睡眠成了他们负担不了的奢侈品。

第五大道的居民饱受失眠困扰，甚至孩子也不例外。如果大脑没有足够的休息时间来处理一整天的信息，它就会失控。研究人员发现，在生活中经常感受到压力的儿童会出现失眠、胃痛和其他身体不适症状。有些七年级的孩子早上起床很早，白天在校内校外学习和运动了一整天，但在夜间仍然辗转反侧难以入眠。有时他们能因此去学校医务室小憩一会儿或者回家休息一天，而这是他们仅有的短暂的喘息之机。

我刚开始在纽约的私立学校工作时，家长的愤怒与绝望让我感到震惊。但现在，我理解了他们的不易。如果孩子存在学习障碍，家长的生活就会更加艰难。过去，人们不会去诊断和理解学习障碍，而如今，孩子一上学就要进行学习能力方面的测评，尤其是在他有无法把声音和符号联系起来（这是学习阅读前必须具备的能力）的表现时。

现在的老师们都很了解学习障碍，许多家长也是，而且他们希望了解更多相关知识。在纽约，解决学习障碍带来的问题的费用十分昂贵。要想获得教育方面的特殊优待——比如更长的考试时间——存在学习障碍的小孩必须每隔三年左右接受一次心理学家的测评。一次评估费用为 5000 美元至 10 000 美元，且不在纽约的保险覆盖范围内。这意味着，有钱的家长才能为孩子争取到这些测评，而负担不起测评费用的家长只能承受压力，无法在私立学校为孩子争取到这些待遇。在美国其他州，公立学校的家长可以为孩子申请测评机会，但纽约教育委员会（the Board of Ed）收到的申请名单实在太长，不可能为所有申请者安排测评。和其他许多事情一样，为孩子争取特殊优待是只属于富豪家长的特权。

不过，这并不是说在纽约的私立学校里教育一个存在学习障碍的孩子就很容易。家长必须时刻确保学校老师理解自己孩子的想法和需求，因为多数老师可能没有接受过特殊教育培训，他们简单地以为存在学习障碍的儿童比正常儿童的学习能力更差（不过相比于 20 年前，这种观念已经比较少见了）。私立学校的大多数老师接受的都是特定学科的训练，比如历史、数学、生物等，对阅读障碍、注意缺陷多动障碍和孤独症了解不多。因此，私立学校的家长经常花钱给孩子请校外辅导老师，而且需要和学校老师保持沟通——除非学校里有一位专业人士。

基于这种原因，这些特殊儿童的家长经常很恼火，尤其是在孩子上了高年级以后。他们可能会对孩子的档案动一些手脚——在对孩子有利的时候把档案拿出来，不需要的时候就把档案藏在家里。苏菲的父母一直把她的语言学习障碍诊断书束之高阁，直到学校要求她退学。他们了解女儿的情况，也在校外寻求帮助——当然是在回避学校管理人员的情况下，因为他们认为，如果苏菲上了三年级还难以掌握声音和符号的对应关系，学校肯定会要求她转学。他们试图向苏菲的老师隐瞒她的学习障碍。苏菲从幼儿园开始就在这所学校就读，他们希望她一直在这里读下去，因为在他们眼中，这就是最适合女儿的学校。他们花了 2 万美元咨询升学顾问，最后让苏菲接受了 5 岁孩子就能通过的智力测验，并以此入学。苏菲的父母认为，转学到一所教学质量和现在差不多的学校的可能性不大，还是留在现在的学校更加稳妥。

苏菲在上六年级时学习吃力，在当时家教（不是我）的帮助下，她每次都能提交优秀的家庭作业，但一到阅读考试就不及格，因为她无法理解阅读材料。为此，学校行政老师三番五次叫她家长来学校开会。苏菲的妈妈玛莉亚把这个时期称作"麻烦时期"（The Troubles），就像 20 世纪 70 年代的贝尔法斯特[1]。苏菲的父母毫不退让，声称是苏菲的老师有错在先，比如布置的阅读材料有误，忘记延长考试时间，苏菲没去上课时忘

---

[1] 贝尔法斯特是英国北爱尔兰首府，1969 年发生了一系列骚乱，给周边地区带来了巨大的破坏和混乱。The Troubles 亦指北爱尔兰问题。——译者注

给她布置作业，等等。这些借口很有用，玛莉亚变得十分擅长洞察女儿所处环境的细微变化：哪个老师很久没来上课、哪个老师不受学生欢迎、哪个老师要离职了——总之，她用尽一切手段掩盖女儿的成绩问题及其背后的原因。

在玛莉亚用尽伎俩后，苏菲存在学习障碍的事实也就昭然若揭了。无论哪个老师监考，苏菲对《杀死一只知更鸟》或《阳光下的葡萄干》都一无所知，因为她不记得自己读过。因此，玛莉亚不得不向学校出示苏菲的测评结果，为女儿争取到了一定的时间。学校表示，这一信息很有用，能够帮助老师了解苏菲的情况。学校建议玛莉亚为苏菲聘请一位阅读老师，她照办了，后来学校又建议她请一位学习辅导老师，也就是我。苏菲的成绩逐渐提高，能够达到 B+，她学会了如何朗读和理解文字。

玛莉亚和她的丈夫在"麻烦时期"备受煎熬。他们不信任女儿的学校。他们向学校慷慨捐赠，希望给学校留下好印象，但同时又觉得女儿的老师随时可能会训斥她、指出她的不足、责令她转去更差的学校。苏菲的父母已经在她的学费上投入了数十万美元，随着她离高中毕业越来越近，沉没成本越来越高。他们希望她能从现在就读的学校顺利毕业，全家人每天为此如坐针毡。（他们的担忧完全是庸人自扰，因为苏菲学校里没有一名老师认为她不应当从这所学校毕业。）虽然苏菲的父母很富有，过着常人眼中的奢华生活——铺着埃及棉床单、有两辆路虎、披着羊绒披肩、住在豪华公寓里——但这并不意味着他们晚上就能安然入眠。

富人也有压力，但普通人很难理解他们为什么对孩子的前途如此焦虑。经济学家拉吉·切蒂（Raj Chetty）和他在斯坦福大学（他当时任教之地）的同事们开展的一项研究表明，一个人长大后的收入与其父母的收入存在高度相关性，而且资产位于前 1% 的人群收入远高于前 3% 的人群。也就是说，如果你的父母位于前 3%，那么你长大后的收入可能是 6 万美元，但前 1% 家庭的小孩长大后的收入可能达到 8 万美元。（这是按全国统计数据估计的数目，而纽约最富有的 1% 的人群拥有更多财富。）高收入家庭的小孩更有可能获得工作（财富排名特别靠前的小孩除外，因为有信托基金，他们根本不需要工作），也更有可能接受大学教育。

最富有的 1% 的人群看似前程无忧，但与他们相处后便会发现，事实并非如此。这些奋斗者——"盖茨比的儿女们"——就像盖茨比一样，热衷于购买更多华服，举办更盛大的派对，追求更大更快更好的事物。对他们来说，长岛的细软沙滩和葱郁海湾并非能够放松享受之地，而是充斥着更多的焦虑和竞争——他们不能在海岸的安宁中迷失自我。

学习不仅是一种纯粹的认知活动，它还受到师生关系的影响。如果学生喜欢你，他们就会认真学习。我逐渐认识到，家教和学生之间关系的精髓在于营造一种和谐的氛围。

第 **3** 章

师生的相处之道

不同于大多数人的印象，学习不仅是一种纯粹的认知活动，它还受到师生关系的影响。如果学生喜欢你，他们就会认真学习（在多数情况下是这样）。我逐渐认识到，家教和学生之间关系的精髓在于营造一种和谐的氛围。

　　小时候在马萨诸塞州的乡下，我有一位钢琴老师叫格林夫人（我从未这样直呼其名，我们彼此总是用尊称），她当时已经70多岁了，住在一座建造于18世纪30年代的斯巴达式坡顶小屋中。每当我学会一支乐曲，她就会弹一段伴奏以示鼓励。我在音乐方面一窍不通，总是需要练习很久才能单手弹奏简单的乐曲。当我尽最大努力在没有节拍器的情况下弹出一支曲子时，格林夫人就会用伴奏升华我用笨拙呆板的双手弹奏出来的音符。这正是我当家教的目的。每个孩子弹奏出来的音符都能成为一支乐曲。他们在遣词造句时并不理解这一点，就像小时候的我不理解曲谱上的音符一样——格林夫人总能用瘦削而灵巧的双手毫不费力地把它们演奏出来。

我能感知到我的学生能否熟练地驾驭文字。如果他们具备初步的表达能力，我会帮助他们用自己的话充分表述主旨思想。不少私立学校的老师认为写作辅导就是帮助学生舞弊，但其实这种技能无异于专业作家使用的写作方法。作家无法跳脱出自己的立场去了解别人对什么内容感兴趣，只有优秀的编辑才能识别糟粕与精华。哈珀·李的编辑翻遍了她所有的书稿才发掘出《杀死一只知更鸟》，这名编辑就像一个巧手裁缝，找到了最适合放在针线筐底部的那块布料。

当然，也有一些替学生写作文的家教。我在教高中历史时收到过一些显然出自研究生之手的文章，其中一份关于越南战争的论文中，将轰炸柬埔寨与 20 世纪中叶美国男子气概的急剧下降联系在一起。写这份作业的家教可能是一名历史系研究生，文中对美国男性的命运提出了高明的见地，完全超出了一名高中生的学识水平。

我让这名学生用自己的话口头陈述这份作业的中心论点，他开始语无伦次："就是，美国男人，觉得自己不像男人，他们就是，轰炸柬埔寨的那群人。"他挤出尴尬的笑容，似乎这样就能自圆其说。

我进一步追问："男人觉得自己不像男人是什么意思？"这名学生说，这是因为工厂岗位减少，"男人必须证明自己，所以就去柬埔寨投炸弹"。我真是佩服他在解释这一连串历史事件时表现出来的自信。我说:"你还没有解释越南战争的起源,只提及了对柬埔寨造成损失的几场战斗。"这名学生不情愿地承认:"我本来就要说到这一点了,但是没时间了。"然后他安慰我说:"我的家教今晚过来,我们可以修改。"

学生在写一份需要稍加思考的作业时往往会和家教碰面。有一名学生在手机上存了"家教"和"妈妈的司机"以及其他家庭助手的号码。第五大道上的许多家庭都聘请了大量的家教在家中进进出出。我曾经在一个四孩家庭里当过几周家教,这家的家教人数太多,家长早已记不清每个家教的教学计划了。我到的时候家里通常还有其他家教,我们在给这家的孩子们辅导功课时会发消息互表同情。如果我辅导的小孩正在跟着另一名家教学习,家长就会让我去辅导别的小孩,而我其实对其他小孩的学习进度一无所知。在这家当家教就像做一名按摩师或服务员。这家的妈妈有一天对我说:"我八年间生了四个孩子,完全应接不暇,可能这就是最小的两个孩子阅读困难的原因。"我最终决定请辞,因为我没办法同时和四个孩子打交道并确保提高他们的成绩。我把我的决定告诉这个妈妈后,她简短而礼貌地回复了我的邮件。我觉得这家的孩子们可能根本不会注意到我消失了。

像这样奔走于不同学生之间提供家教服务并不是我心目中的理想工作。我想做的是点拨学生,而这需要把学生当作有思想的人来对待,而不仅是服务对象。我不会向他们灌输某种思想或强迫他们使用某个语句，他们的作业必须反映他们自己的思考。问题在于，学生有时的困难不仅是语言层面上的，而且他们根本找不到值得写的话题。在第五大道长大的小孩总是对周围的事物提不起兴趣。

○○

我第一次给奥利维娅当家教时，她戴着一顶帽檐儿朝后的棒球帽，穿着打扮就像万圣节派对上的贾斯汀·比伯。在位于苏豪区的复式阁楼中，她打开衣柜，里面码放着几十个鞋盒，全部装着球鞋。这不是普通的鞋子，而是艺术品。奥利维娅的父母给她买 NBA（美国男子篮球职业联赛）球星在球场上穿的那种限量版球鞋，每双价值几百美元，而她才上七年级。

奥利维娅在学校时，总是在打电话，她要了解最新款球鞋什么时候上市。她父母帮她在一款应用程序上在恰当的时点脱手，把球鞋卖给像她这样的鞋迷。她热爱买鞋和卖鞋带来的肾上腺素飙升的感觉。她称得上是一名企业家，在男性主导的球鞋交易市场游刃有余。

奥利维娅的父母决定离婚后，她得到了更多球鞋。她嗓音沙哑——想象一下 13 岁的凯瑟琳·特纳[1]——但在向我展示球

---

[1] 好莱坞女演员，曾刻苦训练过自己的嗓子，在影片中展现的低沉、微带沙哑的嗓音给人留下深刻印象。——编者注

鞋时，她的声音时而高昂，时而低沉。

"这是 Air Jordan 1 斯派克·李[1]，"她指着一双黑蓝相间、印有斯派克·李头像的高帮耐克鞋说，"我妈妈花了 300 美元买到的，这双鞋只在布鲁克林有卖！"

我不敢相信这双鞋卖 300 美元，于是上网查了一下，结果发现确实是这个价格。这还是一双有故事的鞋子：它和斯派克·李在电影《稳操胜券》（ She's Gotta Have It ）中与女主角亲热时穿的那双鞋十分相似。这让我对奥利维娅产生了一种异样的感觉。不过，她从来没有提到过球鞋背后的故事，只是将鞋子一尘不染地放在鞋盒里。

奥利维娅的妈妈现在住在另一所公寓，她每次来看女儿时都会为她带一双球鞋。她妈妈在时尚界工作，认识不少鞋业公司的人。因此，奥利维娅会通过获得新鞋的兴奋来缓解母亲探望后离开的痛苦。

对奥利维娅来说，上学不是一件容易的事。她其实很聪明，但不是多数老师认可的那种聪明，因为她性格比较冲动，而且存在一定的阅读障碍。学校的行政老师对她父母之间的争吵和他们对女儿的宠溺感到厌倦。有一次，奥利维娅的妈妈去学校参加家长会，我也在场。她当时浓妆艳抹，因为稍后要接受当

---

[1] 为了庆祝著名导演斯派克·李（Spike Lee）荣获戛纳年度创意奖，耐克曾特地为他打造一款全新的 Air Jordan 1 联名款，在鞋子的后跟外侧印有斯派克·李的头像，以彰显其不凡的联名身份。——编者注

地媒体关于时尚周的采访。家长会上，学校行政老师不断把话头抛给我，因为她知道无论对奥利维娅的父母说什么，他们都不会照做。"那么，布莱斯，你和奥利维娅好好谈谈，帮她整理一下头绪。"她对我说。我点了点头，她又列出了其他我需要承担的职责。奥利维娅的父母恶狠狠地盯着对方，一言不发。家长会结束后，她的父母离开了，我向行政老师汇报了半小时奥利维娅的学习情况。这个老师很欣赏奥利维娅，但对她妈妈颇有微词，称"她可不是等闲之辈"，并向我讲述了她妈妈如何正在物色一个有钱的新丈夫。我倒希望她更关注奥利维娅而不是她母亲，因为这个孩子真的很需要他人的关注。

随着学习难度进一步提高——她所在的班级已经开始阅读难度远超七年级水平的《哈克贝利·费恩历险记》——奥利维娅的阅读障碍更加突出，她变得越来越焦虑。不过她的父母愿意为她买无数双球鞋，这一点还是让她感到兴奋。她在谈到球鞋时语速飞快，她衣柜里的鞋盒越堆越高，荧光色的盒子散发出让人愉悦的光芒。我担心这些盒子随时可能倒下来。

每次辅导一结束，奥利维娅的眼神顷刻间就不再涣散，她的精神一下子就集中起来。她骄傲地揭开球鞋盒盖，允许我抚摸皮革鞋面。然而一旦要她写点关于球鞋的内容，她一个字都写不出来，会突然变得焦躁、沉默、毫无头绪。不过，在说到如何获得、保养和售卖一双限量版球鞋时，她又侃侃而谈。我把她说的话一字不落地记下来，发现她自己的原话非常流畅。

但她无法写作，因为 iPad（苹果平板电脑）屏幕让她感到恐惧。由于存在阅读障碍，她无法拼写大多数的单词。她接受过一名阅读辅导专家的训练，但收效甚微。我跟她父母说，她需要专心接受阅读辅导专家的帮助（我是学习辅导专家，不是阅读辅导专家），但她没有时间，因为她还要上冲浪、滑板和击鼓课程。她在 iPad 上写下的作业错误百出，但她说话完全没问题，所以我能做的就是让她开口，把她讲述的内容写下来，然后我们一起组织并润色语言。我从来没有向她灌输过一个字，她的作业全部来自她自己，只是她没有认识到这一点。

写作的困难之一在于她的视角更具特殊性。奥利维娅不知道多数小孩不会收藏 500 美元一双的球鞋或者在自己新潮白净的房间里从地板到天花板都堆满透明鞋盒，她不知道多数美国小孩并没有斯派克·李在 20 世纪 80 年代的一部电影中穿过的鞋子。她如果意识不到自己有多么特殊，就无法围绕这个话题进行写作。一名写作者必须是一个穿梭于不同世界的局外人，但奥利维娅从来不会脱离于她的世界。我只能告诉她，由于包括运气在内的千万种原因，她的生活是与众不同的。

和奥利维娅一样，莉莉也意识不到自己所属的世界有多么精彩。她曾经邀请我去布鲁克林高地一家高端的运动俱乐部观看一场国际女子壁球锦标赛。在这个铺着地毯、陈列着红木装饰品的俱乐部里，选手们在一间玻璃房里比赛——这个玻璃立方体让我想到了奥利维娅的某个鞋盒。莉莉兴奋地向我介绍这项知名女子锦标赛的历史，这是纽约每一名壁球运动员都向往的赛事。在这场比赛中，一名新西兰选手正在与一名埃及选手较量，年轻的埃及女孩穿着白色背心和喇叭裤，她的母亲穿着赫加布，在观众席上为她加油。

坐在玻璃房外的观众衣着考究，他们是我看过的所有运动比赛中穿得最考究的观众。他们肩上披着鳄鱼（Lacoste）的黄色运动衫，鼓掌时露出精心修剪的指甲。他们完全不像 20 世纪 80 年代波士顿花园 [1] 里的观众——我小时候在那里看球，凯尔特人队在场上比赛时，一台破旧的管风琴就在旁边演奏以色列民歌《大家一起欢乐吧》(Hava Nagila)。而壁球比赛的观众散发着昂贵的古龙香水味，他们彬彬有礼而沉默寡言。我不敢发出任何声音。连球场上的运动员似乎也想表现得更淑女一些。最后，埃及选手赢得了比赛，观众礼貌地鼓掌庆祝。在莉莉的世界里，一切都是如此井井有条。

看完比赛，我回到家里，映入眼帘的是堆在卧室角落的脏衣服。那个晚上，我就在洗衣服、给咖啡机除水垢、付账单等活动中度过了。平时，我下班后和周日忙于做家教，没有时间处理这些日常事务。见识到人们因为看壁球而激动的世界，我也感到激动。我把享有特权的片刻时光误当成人生巅峰，我深信我的学生及其家人坐在一块魔毯上纵情遨游。

---

[1] 波士顿的一座体育场。——编者注

只不过，后来我才意识到，在充满特权的世界中成长会导致小孩一直处于不安分的状态，就像那天晚上观看国际壁球锦标赛的我。心理学家认为，小孩不应在年少时享受过多的"巅峰体验"（peak experience），因为那样他们在成长过程中就不会有期盼的事物了。然而，纽约精英阶层的孩子们已经体验过太多的特权，几乎没什么是他们还没享受过的。过早得到巅峰体验会让小孩丧失斗志，变得安于现状；而拥有太多的巅峰体验容易导致小孩抑郁，因为他们会觉得没有更多值得做的事情。

　　对莉莉来说，写作是排遣这种不安情绪的一种方式。在写一篇关于《罗密欧与朱丽叶》的作业时，莉莉想到朱丽叶的父母安排 13 岁的她嫁给帕里斯，当时她自己只比朱丽叶大 1 岁。她纠结于罗密欧和朱丽叶是否应该结婚以及朱丽叶是否了解自己的心意。"她太年轻了，还没到结婚的年纪。"莉莉说。

　　"你觉得朱丽叶想逃离父母的想法是正确的吗？"我问她。她从来没想过独立这件事。当她的妈妈——一位航海归来肤色偏暗的银行高管——走进房间时，莉莉坐直了一些。"不，这种想法是错的，"她对我说，"她的父母是为了她好。"

　　"但他们强迫她嫁给一个她不爱的人，根本不问她想要什么。"我说。

　　"在朱丽叶生活的世界里，所有人都是这样的。"莉莉说，"他们很富有。"她的语气很果断，显然不打算再深究这个话题。在她的观念中，有钱人的小孩就应该遵从父母的命令，这是一条不容置疑的真理。

莉莉在作业里写道:"朱丽叶本应该等待婚礼的到来,如果是为了逃离与帕里斯的婚约,她甚至应该进入修道院。"莉莉似乎想为朱丽叶提供一种出路,既不会摆脱父母的控制与罗密欧结婚,也不必和帕里斯结婚。她想为朱丽叶开辟第三条路,就像她自己也想找到一种不用在早上5点练习壁球也能取悦父母的方式。

这种思考对头脑有益。一些家长抱怨说,写作对孩子来说太难了。一个妈妈甚至告诉我,她儿子在写作时会像婴儿一样蜷缩起来。如果一件事情过于困难,就没有人愿意去做;但如果难度适中,那么对于青少年尤其是那些不安分的孩子来说,在尝试的过程中逐渐增长的自我怀疑是十分有益的。这会让他们慢下来,将他们镀金的生活抹掉光彩,教他们透过表面认识事物。

《终身成长》一书作者卡罗尔·德韦克近年来走红,尤其受到富裕家长的推崇。德韦克认为,儿童在成长过程中可能会陷入一种固定型思维,由于害怕失败而不愿接受挑战、提升自我。她鼓励家长和老师培养孩子的"成长型思维",让孩子认识到自己的能力不是一成不变的,而是会通过努力不断提升。她建议夸奖孩子的努力过程而非结果,从而鼓励他们勇于做出更多尝试。孩子如果仅仅会因为成绩而获得夸奖,就可能害怕自己无法获得更好的成绩。德韦克的作品被上流阶层的家长奉为圭臬,因为这些家长往往认为学校没能充分挖掘自己孩子的潜力。忽然之间，家长和老师都不再只看重成绩，而是开始夸奖孩子的努力，并自认为正确掌握了德韦克的成长思维学说。的确，我们如今已经意识到应该鼓励孩子直面挑战、做出改变，这已经是很大的进步。但和所有教育风潮一样，德韦克的学说也遭到了误用。我们自信满满地宣称理解了成长型思维，却不知道，一个人不可能一直保持这种思维。正如德韦克在接受《大西洋月刊》（*The Atlantic*）采访时所言，学生的思维是在固定和成长这两种模式之间不断切换的，而寻找挑战和面对挑战之旅要比人们想象的更漫长、更艰辛。

和大多数教育理念一样，成长型思维的理论在使用中也被简化了。雄心勃勃的老师和家长希望越过学习的复杂过程，快速获得结果。但事实是，儿童的学习过程很难理解，有时候看似波澜不惊，但其实正在发生深刻的变化。学习不是一个线性过程，其中不乏挫折和失败，家长却总是希望孩子刚坐下跟家教开始学习，就奇迹般地拥有简·奥斯汀的生花妙笔。

如果不允许一个孩子失败或取得 A 以下的成绩，那么这个孩子的心智就难以在真实的学习和生活的环境中曲折成长。许多家长说，如果孩子的成绩是 B，就上不了好大学。这句话或许有道理。要想进入顶尖高校，就必须拥有全 A 的成绩单，但在私立学校，学生很难拿到这样的成绩单，尤其是学习超前课程的学生。当家长对我说自己的孩子不能拿前途冒险、不能接受 B 及以下的成绩时，我哑口无言。这是教育中普遍存在的问题，高校不应该奉行"唯 GPA 论"（GPA 即"平均学分绩点"）。与此同时，要求形形色色的学生同样优秀，这种压力会让他们付出巨大的代价。如果不允许学生失败，如果学习曲线只能呈现指数级上升而不能下降，就不可能培养他们的成长型思维。

写作、阅读和思考所需的一些要素与第五大道居民的人生信条完全相悖。要写出好作品，无聊和挫败必不可少。如果简·奥斯汀嫁为人妇，或者拥有自己的事业，她未必会成为一名如此深刻的作家。一个下雨天，她坐在英国巴斯家中的客厅，被紧身胸衣束缚住肋骨，她可能会无聊落泪，可能会郁闷，可能会生气。可以肯定的是，她不会像莉莉一样，时常乘坐私人飞机去加勒比度假。第五大道居民想要他们的孩子取得成绩，而且是可量化的成绩，但写作并不是这样的。

在莉莉以她的口吻写了那篇朱丽叶应该进入修道院的作文后，她的妈妈丽萨（留着金发波波头的银行家）开始和我讨论。我不知道她在筹划巨额生意的时候怎么还有时间读她女儿写的作文，但她确实挤出了时间。她读完了整篇作文，然后在晚上 6 点给我打电话，当时我刚下地铁，回到布鲁克林。我走过展望公园附近的水果摊，一边翻拣葡萄，一边接电话。丽萨问我对莉莉的作文有什么看法。"我女儿什么都不懂。"她在电话里说。水果摊摊主帮我在塑料袋里装了一些小橘子，我要买回家给儿子吃。"我是说，她知道什么是爱情吗？她说朱丽叶不应该嫁给罗密欧，这只能说明她还年轻，对吧？"

我无法回答这个问题，因为答案太明显了。我想说"莉莉确实很年轻"，她只是一名14岁的女孩，她不懂朱丽叶为什么会和善变的罗密欧私奔。实际上，莉莉和朱丽叶同龄。不过，朱丽叶性格冲动，而莉莉只是害怕。莉莉希望朱丽叶不要逃离家庭，丽萨应该对此感到欣慰。对于一个14岁的少女来说，这种反应十分合理，而且莉莉也对此做出了解释，但丽萨似乎认为这篇作文的观点不符合正确答案。"布莱斯，我不敢相信你居然允许她写这种东西，"她训斥我说，"她的老师会把这篇作文撕得粉碎！"她又重复了一遍，"撕得粉碎！"莉莉所在的女校里全是亲切和蔼的老师，但在丽萨眼里，这所学校就像一个狼穴——而这也正是我对她在华尔街的工作环境的想象。

"这篇作文是以她自己的口吻写的，"我提醒丽萨，"这就是老师想要的——听到她发出自己的声音。"

"老师不想看到错误的答案，"丽萨争论道，"不过我会教她修改。"她的意思似乎是她不得不收拾我留下的烂摊子。我拎着一袋橘子走在回家的路上，感到莫名的惭愧，仿佛自己犯了什么错误。我能想象到莉莉的感受。她的一言一行都受到监管和评判，她一定觉得自己每时每刻都在犯错误。

丽萨决定在接下来几天的晚上把她女儿的作文撕得粉碎（就像她想象中莉莉的老师会做的那样），然后让她重写。修改的结果呈现了一名45岁的女人对初恋的捍卫。这篇文章写得很差，充满陈词滥调：比如把朱丽叶比作娇嫩的花朵，把她和罗密欧的爱情称为燃烧的激情——莉莉自己的声音显然被完全压制了。没有哪个 40 岁以下的人会把朱丽叶和罗密欧的幽会称为"夺走童贞"，因此莉莉的这篇作文明显出自成年人之手。最后，莉莉的老师确实撕掉了这篇作文，不过动作很轻，然后我和莉莉在她妈妈去法国出差期间重写后交了上去。在写最终稿的时候，莉莉实在是疲倦了。她终于认为朱丽叶应该反抗并离开家庭。我想，莉莉最终也会这样做。即便莉莉自己没有这个想法，她的妈妈也会把她逼到离家出走的境地，因为她想一辈子把女儿掌控在自己的手中。

特雷弗对于暑假要去工作感到恼火。他想和公寓楼的门卫去冲洗马路，因为他喜欢用自己的双手做一些能立即看到结果的劳动，但今年 7 月，他要去华尔街一家他父亲担任高管的大型银行里工作。他约我在他父亲的办公室讨论暑假的阅读和写作计划，我们得到了无比尊贵的服务，让我感到浑身不自在。一大群助理在等候室接待我们，特雷弗的父亲正在开会。走在安静的走廊上，红色的地毯让我想到了电影《十诫》（*The Ten Commandments*）中查尔顿·赫斯顿扮演的摩西，我仿佛看到红海在我和特雷弗面前分开，埃及战车被抛在脑后。作为总裁家的少爷，特雷弗无疑拥有这种神通广大的能力。我以为会有助理为我们端来精雕细刻的托盘，但她只是递给我们几瓶巴黎水[1]，下面垫着印有公司名的厚纸巾。

这群助理带我们走进一间会议室，感觉里面坐下两个国家的谈判团都绰绰有余。特雷弗对这里驾轻就熟，他打开会议室里的小冰箱，拿出一块瑞士三角巧克力吃了起来。这些助理让我想起电影《神偷奶爸》里的小黄人，他们穿着一样的衣服来回奔走，就为了让我和特雷弗在这张泛着光泽的橡木桌旁好好坐下来。我很难平复心情，让特雷弗写一篇关于内勒·拉森（Nella Larson）的小说《冒充白人》（*Passing*）的读后感。他手里摆弄着餐巾，有点心不在焉。当摩西的儿子不容易啊！

《冒充白人》写得很好，但书中的世界和肃静的银行截然不同。这本小说于 1929 年出版，讲述了一个浅肤色黑人女性与一个早已失去联系的童年玩伴重逢的故事。这位童年玩伴也是一个浅肤色黑人女性，但她冒充白人，嫁给了一个有种族歧视观念的白人男性。在这本小说成书的年代，黑人冒充白人是一件相当危险的事，书中的情节也体现了这一点。然而直到今天，人们仍然在以各种方式冒充他人，向世界展示一个虚假的形象。

特雷弗的作业是写一例当代社会中的冒充现象。这项作业

---

[1] 产于法国的高端天然有气矿泉水，因其清爽的口感和标志性的小绿瓶受到众多艺术家的推崇。——编者注

看似简单，却有多种理解方式。例如，可以从字面意思出发，写一个人冒充其他群体的成员；也可以从更抽象的层面或从心理学角度对冒充现象进行阐述——这也是我认为特雷弗会选择的角度。在我看来，他的内心和外表并不一致。穿着布克兄弟夹克、戴着菱纹领带、脚蹬皮鞋，他看起来就是未来的银行家。但实际上，他的梦想是冲浪和在加州太平洋海岸公路上开老式大众巴士车。他还喜欢在街头商店悄悄顺走一支电子烟。

我提示他多想想其他的冒充现象，而他的回答让我感到惊讶。

"我认识的不少女孩有过冒充行为，而且还会有意地向我炫耀。"他说。一开始我以为他在吹牛，直到他脸上的红晕表明他对自己说的话感到有些尴尬。"她们都装作对我感兴趣，其中一个女孩甚至假装怀孕。"

我在读研究生的时候，经常有人说我过于理性，缺乏共情能力。然而这种时候就体现出我这套心理防御机制的优点了。"你为什么认为这种行为是冒充呢？"我问他。我希望从他的个人问题回到书中的内容。

"青少年都这样，装作很认真的样子，但其实根本不在乎别人。她现在正在和我朋友约会，而且她当时根本没有怀孕。"

"所以你认为假装拥有某种感觉是冒充行为吗？"

"对啊，假装就是冒充，每个人都会这么做。"

不过，特雷弗意识到，虽然故事本身不错，但不太切题。

他后来在作业中写的是一个女孩假装喜欢一个男孩，但当男孩的朋友对女孩表现出兴趣后，女孩很快甩了男孩。我没再追问这个故事的原型是谁。在他的故事里，男孩感到自己被抛弃，认为人们只会假装喜欢别人，而实际上内心毫无波澜。我让他想想故事里的女孩是什么感受，他只是说她时刻需要得到别人的关注。环顾会议室四周，我觉得特雷弗还是太年轻了，他和女孩的故事、他未来的银行事业、他戴着的菱纹领带，这些都超出了他现在的理解范畴。

虽然这篇作文语法错误层出不穷，不过其中的对话写得不错。特雷弗清楚地记得那个女孩对他说的所有话，并写进了作文里。这篇文章里的所有人物似乎都令人同情。

特雷弗的故事就像一块又苦又甜的巧克力，味道浓郁，难以消化。我很难同情这样一个男孩——父亲是银行家，且拥有一群助理。果真如此吗？每次结束这样一节补习课，我都十分渴望坐地铁回到布鲁克林或皇后区，尽管路途颠簸，车厢拥挤，列车经过曼哈顿大桥时还会晚点。坐地铁对我来说更真实、更容易理解——车身触碰铁轨发出轰隆隆的声音，车上挤满了急于回家的乘客。我能理解这些事物，却无法理解特雷弗的生活。

《冒充白人》引起了特雷弗的共鸣。他在生活中显然遇到了困扰，我担心他不懂如何正确对待女孩，而这本书给他带来了一定的启发。不过在我辅导的学生中，更常见的情况是误读作品，那么我的职责就是引发他们对作品的共鸣，帮助他们理解作品。

学生们总说，阅读感受没有正确和错误之分，然而其实有的答案和解读确实是错的，有时还错得很离谱。不过这不一定是学生的错，因为他们的作业实在太难了。私立学校以提供高难度课程为傲，但无论学生多么早熟或能言善辩，有的作品对他们来说仍然是过于成熟和复杂了。我在对学生进行一对一辅导时见过他们对作品的误读。

苏菲就没有逐字阅读弗雷德里克·道格拉斯[1]作为一名黑奴如何逃离奴隶制的自传，而是在网上读了一些关于这本书的摘要。她不仅没能体会书中语言的力量，而且她找的这份总结的作者显然也没有读过原书。因此，苏菲最后在作文里用轻松的语气讲述了弗雷德里克·道格拉斯和他的主人打猎的故事以及道格拉斯是如何怀着矛盾（他并没有）而痛苦的心情从种植园逃到北方的。读完她的初稿，我好几分钟说不出话来。"你读原书了吗？"我问她。

"读了一部分吧。"她一边咬指甲一边给朋友发短信。

---

[1] 弗雷德里克·道格拉斯（Frederick Douglass），19 世纪美国废奴运动领袖。——编者注

"我觉得奴隶不可能拥有枪支吧。"我说，"你能找到文中讲道格拉斯和他的主人打猎的那部分内容吗？"

她随意翻了翻毫无笔记的书，只好承认："我参考了一个网站上的内容。"她打开这个网站，背景图案是星星和彩虹，显然是给小朋友看的，而且这篇总结错误百出。"你看，"她说，"这里写着，弗雷德里克·道格拉斯喜欢他的主人，还和他一起去打猎。"

"苏菲，这合理吗？"我问她，"奴隶制的本质是什么？"

她完全不知道这本书的内容和主旨——奴隶制给道格拉斯套上了身体上和心理上的枷锁——我不知道该从何说起。于是，我让她大声朗读文本。书中语言优美而深刻，讲述了道格拉斯的诸多苦难：他不认识自己的亲生母亲；曾经目睹姨妈遭受奴隶主的鞭打；一位善良的女奴隶主曾经教他读书，却为此遭到丈夫的训斥……苏菲盯着书本，一言不发。然后，她在谷歌文档上打开作业，用鼠标选中之前写的所有内容，全部删除。我希望阅读能消除她对奴隶制的误解，促使她重新理解作品。

莉莉的共情能力比苏菲更强，她能够理解与她的生活八竿子打不着的事情。15岁的莉莉还有些婴儿肥，可她把自己所在的女校称为"全是女生的地狱"。学校要求她们阅读许多成年人都难以读懂的高深的文学作品，比如弥尔顿的《失乐园》。莉莉很难集中注意力，阅读比较困难，但我们一起朗读作品时她总是听得很认真。她说，弥尔顿作品里从天堂跌落到地狱的恶魔，就像她学校里的女生。"我的学校就是这样。"她说。我们一起嘲笑那些为了得到学校里最受欢迎的女生的注意力而用尽各种手段的学生，她们就像堕落的天使想回到上帝的怀抱中。学校里的坏女孩嫉妒从新泽西转学来的社交新宠，就像恶魔嫉妒亚当和夏娃一样。弥尔顿的宇宙令我费解，但对莉莉来说很好理解，因为它就像一个充满竞争的女校，里面的恶魔（Beelzebub）是穿着博柏利（Burberry）的学生。

莉莉有阅读天赋，因为她能对文学作品感同身受。她读得很慢很仔细，因此总能注意到被我忽略的细节。在读到撒旦的新策略是使用诡计进入天堂时，她思考片刻后说："社交媒体时代之前的诡计会是什么呢？如今，地狱可以是发在 Instagram（照片墙）上的一条帖子，也可以是 Snapchat（色拉布）上的一张照片。"其他女孩去参加没有邀请莉莉的派对时会故意给她发照片，因此对她来说，地狱里全是她没有参加的那些派对的照片（这一点很讽刺，因为在弥尔顿笔下，恶魔才是没有参加派对的那一方），而伊甸园则是没有壁球训练、没有坏女孩、没有 SAT 的地方。

有时，阅读也会让这些"盖茨比的儿女"感到心神不宁。我在一所私立学校教个人理财课时提到，一个人的理财观点受到其社会阶级的影响，课堂上有个学生对此十分生气。"这都是自由主义式的宣传，"这个名叫威廉的男孩说，"我讨厌老师向我灌输这种东西。"

他的反应让我感到震惊，我以为这堂课没有什么雷区。课程目的是帮助学生练习一些关于制定预算、投资和储蓄的技巧，阅读材料在我看来也中规中矩，我完全没想到会出现这种争议。阅读材料里写到，如果一个人在优渥的环境中成长，可能不会经常考虑钱的问题，反之，钱可能会成为一个问题。这句话有挑衅的意味吗？父母在华尔街工作的威廉是这样认为的。

"我才不相信这种鬼扯。"他在这个话题上不依不饶。

"所以说，你不认为一个人的阶级会影响他的金钱观，对吗？"我问他。讽刺的是，面红耳赤的威廉恰恰证明了，拥有特权的人有时不会意识到来自其他阶级的人对金钱的观点与自己的并不相同。当时教室里还有其他学生，有的是有色人种，有的靠奖学金上学，于是我问班上其他学生有没有不同意见。威廉不相信我的话，因此我希望哪个学生能发出不同的声音。然而，多数学生都懒得搭理威廉，他们都保持沉默，只有一个穿着露露乐蒙瑜伽裤的金发女孩表示支持威廉说的每一句话。争论没有散去，威廉的愤怒表明，他读到的内容让他崩溃了。

在此之前几天，我组织学生们参观证券交易所，观看一家公司进行首次公开募股（IPO），当时威廉似乎兴致很高。在证交所现场，竟然还有来自美国职业橄榄球大联盟（NFL）的球员，我们可以直接与他们交谈。在我看来，我和另一名老师为这些学生提供了一次难得的机会。但在课程结束后，威廉和他的朋友给了我们两名老师很低的评价，原因是我们的知识储备不够。他们说，自己希望上一节像迷你 MBA 课程那样的经济课，而不是什么关于社会阶级的课。他们希望抛开社会经济地位抽象地谈论金钱。

这就是为什么《了不起的盖茨比》能在公园大道引发如此强烈的共鸣。书中的所有人物——除了梅特尔和她的丈夫——都很富有。（叙述者尼克不富有，但他认识富豪。）书中主角盖茨比极其富有，但他的原生阶级没有布坎南那么高。如今多数富裕家庭的小孩并不是来自黛西和汤姆的阶级，他们的父母不是世袭贵族，而是像盖茨比那样白手起家的奋斗者。《了不起的盖茨比》在许多方面控诉了对财富的盲目追求，然而盖茨比的个人魅力和浪漫主义色彩让学生们对他产生了好感。我注意到，这是最富有的 1% 家庭的孩子们普遍钟爱的一本书。

我辅导过的学生中只有卡门不喜欢《了不起的盖茨比》。她参加了一个旨在帮助有色人种学生上私立学校和住宿学校的项目，目前在上东区一所女校读书。她所在的组织请我对她提供帮助，因为她不交作业，而且在写作上遇到了困难。卡门住在皇后区科罗娜，即菲茨杰拉德笔下的"灰烬谷"、尼克口中位于长岛和曼哈顿之间的无人之地。卡门对这本书毫无想法。

事实上，卡门对学校里的多数课程都不感兴趣。她的父母是来自哥伦比亚的移民，他们希望她在学校好好学习。虽然卡门很聪明，但她已经自我放弃了，她在课堂上从不做笔记，不阅读必读书目，而且不想让别人知道她学习不认真。我和她约在学校餐厅见面。当听闻她的英语老师提出也想见我时，我问她原因。"她会见每个学生的家教。"卡门说。不过她的老师后来告诉我事实并非如此，她只是担心卡门，因为她对大多数学校课程都不感兴趣。

有的书大多数学生都不感兴趣。托妮·莫里森的《宠儿》讲述了关于强暴、奴隶制和杀婴的曲折故事，这本书很难读，很多学生甚至错过书中最重要的情节——为了不让自己的女儿沦为奴隶，塞丝亲手杀死了她。"孩子死了吗？"一名学生问我，"我完全没看到这段内容。"的确，这个情节很容易埋没在艰涩迂回的叙述中。一些白人学生害怕学习任何关于民权的内容，每当要读19世纪美国废奴运动领袖弗雷德里克·道格拉斯的自传这样的书时，他们就唉声叹气。

我曾经在私立学校教美国历史。讲到民权运动时，我打算给学生播放那部广受赞誉的纪录片《矢志不渝：美国民权运动1954—1985》（*Eyes on the Prize*），并为此十分激动，因为我之前讲授的很多内容——包括1812年美国第二次独立战争和银本位制——他们都不感兴趣，这次终于找到一个他们有话说的话题了。

这部纪录片令人震撼。从14岁的黑人男孩爱默特·提尔惨遭杀害开始，旁白异常冷静地讲述着民权运动的每个阶段。爱默特在密西西比小镇上走亲戚时被当地白人打死，他的母亲勇敢地打开儿子的棺材，让全世界看到了这个男孩遍体鳞伤的尸体。这部纪录片可能会让人感到不适，但绝对不无聊。

除了一名亚裔混血，这堂课的学生全部是白人。在看到1963 年在亚拉巴马州伯明翰市街头举行抗议活动的学生被喷水时，许多学生丝毫没有感到同情。"我们七年级时就看过这个镜头了。"一名平时表现优秀的学生抱怨说。为了让他们看下去，我只好说之后会进行关于这部纪录片的课堂测验。他们并没有被影片吸引，而是被迫观看。来自那个年代的影像、那些奋起反抗的人让我心潮澎湃，但我的学生们完全看不进去。后来，我觉得自己不应该用考试来惩罚学生，而应该和他们开诚布公地交谈，询问他们为什么如此抵触。我转移了话题，没有在课堂上进一步讨论种族问题，但我希望这个话题引起的不适感会一直伴随他们，直到他们有勇气正视这个问题。

总有一些孩子时不时给我一些惊喜，能够在阅读时真正与作者共情。我的历史课堂上有个长得像"猫王"普雷斯利的学生，他是真的懂得罗莎·帕克斯[1]的谦逊。他在课外观看了蒙哥马利巴士抵制运动的纪录片，对帕克斯模仿得惟妙惟肖："我只是做了任何人都会做的事。"他语气平静地说："这没什么大不了的。"他完全抓住了帕克斯身上的那种气质。这个学生家境优渥，但他透彻地看出帕克斯谦虚的话语背后是她的决心和勇气。

---

[1] 罗莎·帕克斯（Rosa Parks），美国黑人民权行动主义者，美国国会后来称她为"现代民权运动之母"。——编者注

对于第五大道上的小孩，最难忘的时刻可能显得微不足道，比如读懂罗莎·帕克斯的言外之意。因为在他们的世界里，其他事情都很宏大。在周末，他们可能会见到 U2 主唱 Bono[1]，可能去滑雪（而我如果在一家高档超市买到法式饼干就会很高兴），也可能去汉普顿新开的拉尔夫·劳伦（Ralph Lauren）精品店选购衣服（他们很惊讶我居然不知道这家店）或者和妈妈的私人教练一起运动。他们的假期行程更夸张。春假的两周我通常和丈夫、孩子待在一起，把冰箱塞满，做点巧克力饼干，在网飞（Netflix）上看点老电影，如果幸运的话去电影院看场电影。而我的学生们才不会这样度过假期。

从假期开始的那一秒，莉莉就被父母带去各种充满异域风情的地方：一年去一次摩洛哥，经常去犹他州滑雪，有一次还去柬埔寨生态游。她骑着塞格威[2] 在城市里穿行，逛当地市场，住五星级酒店。元旦前一天晚上，她在圣巴特岛的游艇上看烟火。她在加勒比的酒会上时常会碰到熟人。她的皮肤晒成了健康的小麦色。在去法国蓝色海岸度假前，父母给她买了一整个衣柜的新衣服，包括时尚品牌莉莉·普利策（Lilly Pulitzer）的裙子、太阳镜和凉鞋。我还从来没想过为了一次旅游买一柜子新衣服。她在开学的前一分钟回来，由于要倒时差，第一周总

---

[1] U2，爱尔兰摇滚乐队，主唱为保罗·大卫·休森（Paul David Hewson），别名 Bono，曾被诺贝尔和平奖提名。——编者注

[2] 塞格威（Segway），一种具有自我平衡能力的电动代步车。——编者注

是精神萎靡。

特雷弗会在假期去自己祖先居住过的一座岛。他最开始跟我讲这件事时我以为他在开玩笑。

"不，是真的。"他说，"这座岛属于我家和一些亲戚。"

他似乎很喜欢在春秋季的周末以及在暑假上岛。我猜是因为他在那里无拘无束，可以和兄弟姐妹们在海边喝酒、玩耍。

特雷弗和他表妹茱莉娅的关系尤其亲密。茱莉娅和他同岁，我也辅导过她。特雷弗告诉我，茱莉娅 16 岁就去过戒毒所，现在正在努力戒酒。他给我看手机上他和茱莉娅的合照，茱莉娅留着长直发，穿着低领 T 恤和牛仔短裤。他俩在夏季周末总会上岛。"岛上没有犹太人。"特雷弗笑着对我说，我不明白他是在道歉还是在明确地告诉我，他不会邀请我。

"真的吗?"我问他，"你确定? 可能有犹太人偷偷上岛呢。"

他点点头。我注意到，他对我的犹太人身份有点紧张，总是向我明确地划定界限。我不知道他家的岛上有没有有色人种，或者他在家里是不是听说过关于种族歧视的事情。

再丰富多彩的体验也很少让这些孩子感到新奇，因为他们已经习惯了时时刻刻寻欢作乐。他们的经历五花八门，多姿多彩，却无法带来阅读和写作必需的品质。事实上，平淡无奇的生活反而对孩子有好处，因为他们会有所期待。研究人员发现，纵情享乐——包括过度娱乐和管教松散——会让孩子缺乏界限感，总是需要立即得到满足。专家认为，如果孩子在年少时有过太多巅峰体验，日后就没什么可期盼的了。如果你已经见过Bono、认识耐克总裁、在老挝街头骑过塞格威，还有什么是你没做过的呢？生活将变得寡淡，你会抑郁，觉得日子没什么盼头，丧失对新鲜事物的渴望，变得百无聊赖。

▶ 这些家长拥有坚定的决心和高超的手腕，在他们的运作下，一些小孩成功进入了远超自身能力的学校。一些私立学校明知道有些富人家的小孩跟不上学习进度、会在最后一学年之前被淘汰，仍会接受他们入学。等家长在头几年交完学费、捐完款、给孩子穿上校服后，学校就会把这些学生扫地出门。

▶ 最富有的 1% 家庭的孩子比其他经济阶层的孩子更有可能吸毒和酗酒。

第 **4** 章

温室花朵的烦恼

学生们的状态也有不好的时候。从教时间越长，我越发清晰地看到"弗洛伊德的幽灵"，它出现在走廊里、鸡尾酒会上以及上东区的咖啡馆中。

高二期末考试前，莉莉的房间成了一间全天无休的补习教室。她的化学家教在上东区特别抢手，其他时间都排满了，只能在晚上11点来给她补课。莉莉给她妈妈接连发了好几条短信，确认化学家教会来，因为她觉得如果没有他的辅导自己肯定会挂科。她已经筋疲力尽了，但必须跟着这个老师学到半夜。

"还有别的老师能帮你补习化学吗？"我颇为无知地问她，虽然我帮不上什么忙。

"我的化学老师是从哥伦比亚大学毕业的博士生，"她脸上挂满了泪水，哭着说，"只有他能帮我！我所有同学都跟他学。"根据莉莉的描述，她的化学老师似乎没什么讲课经验，他说课外补习都是"填鸭式教学",还抱怨说学生都希望他把食物嚼碎了再喂给他们吃。他还在课堂上使用"学生主导学习模式",似乎是让学生自学。虽然他认为学生不应该请家教,但讽刺的是,他的所有学生都在从一名才华横溢的普林斯顿毕业生那里接受补习,而后者仅靠为莉莉和她的同学们补课就能够支付皇冠高地的房租。我大概知道这个补习老师,因为他偶尔会请我给他推荐生源,不过我从来没有推荐过,因为他没有接受过如何教育存在学习障碍的孩子的培训,也没有相关经验。他似乎还挺受学生欢迎的,但其实他的心思主要花在他刚刚起步的音乐事业上。

以莉莉为代表的孩子拥有无穷无尽的学习资源,他们连续多年接受家教的补习,有些孩子甚至从中学开始就跟着大学老师学习,也有孩子从高一开始就接受 SAT 或 ACT 考试训练。上了高三后,补习时间增加了,孩子每周末都会进行 SAT 或 ACT 全真模拟考——那可是持续几小时的考试。他们练习解答无数问题,有些学生接受过大量训练,所以考得很好。

这种大量补习的结果就是,许多孩子的考试成绩高于实际能力,因此他们上了大学还得继续补习。而像莉莉这样的小孩则必须面对焦虑问题。

莉莉和苏菲的学业水平都属于中上，而她们学校的英语老师是畅销小说作家，法语老师会在课堂上播放没有字幕的法国荒诞派电影。我不懂她们为什么会来到这样远超自身水平的学校。答案是，她们的父母从孩子一出生开始就申请这些学校了。曼哈顿一名升学咨询师给一个幼儿园名额开价 2 万美元。这些咨询师都受过良好教育，办事专业利索，他们有一整套专业话术，比如学校对口程度、匹配度和发展前景。升学过程从本质上来说成了金钱和特权的游戏。

很难预测 4 岁左右的小孩将来学习成绩如何，但他们的家庭住址以及父母的职业和薪资是确定的，因此富人们争相把子女送进最好的幼儿园甚至托儿所。我在和学校的升学老师交谈时发现，连幼儿园都有对口生源学校。要想赢在起跑线上，你必须首先把孩子送进公园大道基督教会学校这样的高档托儿所。幼儿园也有面试。我在曼哈顿一所精英私立学校工作时看到穿着名牌服装的家长带着即将上幼儿园的孩子来面试，他们在学校外面朝孩子大吼大叫——不知道面试是没开始还是已经结束了。这些包裹在名贵服饰里的家长看起来拥有钢铁般的决心。

我辅导的学生都是青少年，大多存在学习障碍，我不知道他们是如何进入这些教授高难度课程的精英学校的。我看过他们小时候的照片，所以我猜是因为他们长得很可爱，加上面试过程中都是他们的家长在回答问题。他们都是支付全额学费的学生，是学校最喜欢的类型。许多学生接受辅导是为了备考美国教育档案局（ERB）的考试，即难度较低的智力测试，纽约私立学校入学需要这项成绩。这种考试本来没法儿辅导，但一些望子成龙的私校家长担心孩子考不好，就会请家教，因此这个市场存在巨大商机。由于富人家的孩子早已为考试做好了准备，学校便很难根据分数判断哪些孩子入学后能跟上学习进度。

我在给有语言学习障碍的苏菲当了好几年家教后，她的妈妈玛莉亚才承认，苏菲上幼儿园时接受过 ERB 测试补习。"她考得很好！"玛莉亚说。这说明，补习的确可以暂时提高智力测试的成绩，只是难以为继。苏菲就是这样。4 岁的苏菲被灌输了大量词汇和知识，但在考试过后，她很快就把这些毫无意义的信息忘得干干净净。

帮助存在学习障碍的孩子进入一所超过他们自身能力的学校并维系其在学校的学习，这是多方共同操作的结果。作为苏菲的家教，我也是这个过程中的一员。我在尽力帮助她提高写作能力和思考能力。苏菲的妈妈建议我和她的老师"联络一下"，我照做了。她的老师隐晦地表达了学校课程对于苏菲来说难度太高。

"我很高兴得知她获得了课外帮助。"苏菲的老师对我说。相较于苏菲为跟上学校进度而付出的努力，"帮助"一词显得过于轻描淡写。我从来不帮学生写作文，但有些家教会这样做——至少他们的修改痕迹很重。很多老师痛恨这种行为，不过也有老师可以接受，因为这样意味着学生能跟上课程进度。

"苏菲需要深挖文本，解读文中的内容。"她的老师言语间用到了私立学校英语老师常用的表达。我能理解这句话，但苏菲不能。她甚至读不懂《了不起的盖茨比》中的引语，更别说"深挖"和"解读"了。私立学校的老师意识不到，有些学生就是不具备分析文本材料的能力的。"苏菲上次写了一篇漫无边际的作文，"她的老师接着说，"她需要学习如何紧扣文本。"这名老师谈起学习来一套一套的，她还不如直接让苏菲去研究如何防御导弹。她的话对于苏菲来说毫无意义，因为她对于一个显而易见的事实只字不提，那就是苏菲的能力不足以应对课堂要求。因此，我的任务就是帮助苏菲在文本中寻找依据来支撑她在作文中的观点。

很多时候，本该由学生承担的任务都落到了家长和老师头上。我和苏菲的老师、家长经常通话和见面。苏菲很少直接和她的老师谈话，因为她说老师让她感到特别紧张。她的家长和老师谈话时会担忧、会协商、会记笔记，但苏菲自己几乎不参与这个过程，她会等着我和其他家教来指导她写作业。虽然她的作业都是自己写的，但我会帮她拆解过程，比如让她在文中找到相关引语，标记重点词并做出解释。她很配合我的指导，但她在课堂上的表现则不同。她的父母说她在提问时遭到同学的"嘲笑"，因此总是坐在教室后排一言不发。苏菲的学习模式有点类似于她吃午餐的方式。每天中午，她会点一份比萨，然后拿到教室和朋友一起吃。她从来不在学校食堂吃饭，虽然她的学费里包括伙食费，而且食堂的饭菜不错。与之类似，她从来不向老师直接讨教——虽然学校老师是最适合指导她学习的人——而是等家教上门。因此，除了学费，她的父母还得支付价格约为学费一半的家教费。

的确有一小部分孩子心智早熟、才思敏捷，后来成为优秀的学生，基本能够适应竞争激烈的私立学校，但像莉莉和苏菲这样的孩子只是家里有钱，全靠父母给她们打点一切。典型的纽约私立学校的家长衣着考究，谈吐得体，社交手段圆熟。他们在必要的时候会表现出强硬的姿态，但同时也深谙奉承之道。他们看起来很友善，但在清扫孩子成长道路上的障碍时毫不留情。如果孩子成绩不够理想，他们会委婉地表达需求，比如用"需要帮助"指代高强度补习，他们也很清楚需要为此付出什么。他们出现在返校夜、筹款会和各种委员会的活动上，他们装扮圣诞树、在犹太人的光明节和非裔美国人的宽扎节上点亮烛台，他们身穿名牌服装参加家长会，他们给学校管理人员和升学顾问送丝巾和领带。

我永远不会忘记在私立学校度过的第一个假日季。在一个雪天，许多家长（多数是母亲）穿着加拿大鹅羽绒服和皮靴来到学校，用带有学校标识的饰品——比如穿着校服的泰迪熊——装扮一棵巨大的常青树。这棵树和宽扎节以及光明节的烛台一样美轮美奂。许多妈妈是曾从事银行或企业法务工作的完美主义者，现在她们致力于把学校大厅打造成一个好莱坞片场。每当我走过这棵树就会感到一阵愉悦，就像小时候圣诞节去基督教朋友家中做客时一样。作为一名犹太人，虽然我偶尔也会买一棵圣诞树，但我的树又矮又小，而且没怎么装扮。路过这棵光彩夺目的圣诞树让我在一瞬间似乎瞥见了完美假日的样子。常青树、闪闪发光的小饰品、蝴蝶结、包装精美的礼物，一切都是如此美丽，让人感到治愈。装扮这棵树的妈妈们似乎拥有点石成金的能力，她们把学校的地板和墙面都变得金光四射。

这些家长拥有坚定的决心和高超的手腕，在他们的运作下，一些小孩成功进入了远超自身能力的学校，这一点在中学阶段尤为明显。据称，一些私立学校明知道有些富人家的小孩跟不上学习进度、会在最后一学年之前被淘汰，仍会接受他们入学。等家长在头几年交完学费、捐完款、给孩子穿上校服（这可是值得炫耀的）后，学校就会把这些学生扫地出门，要求他们转学到较差的学校。不过，我偶尔也会见到一两个坚持到毕业的学生，那通常是因为他们身边有一群专业家教：博士毕业生帮助八年级学生写历史论文，哥伦比亚大学研究生帮他们写英语作文。至今还没有人指导孩子自己阅读，而这正是我作为学习辅导专家的任务。

对于老师或家教传授的内容，即使不理解，苏菲也总能很快掌握。和她的父母一样，苏菲也很善于使用手段。令人震惊的是，她在六年级就要撰写关于《奥德赛》的论文，在八年级就要分析法国大革命，不过好在她有很多家教。她煞有介事地复述老师在课堂上发表的关于洛琳·汉斯贝瑞的知名剧作《阳光下的葡萄干》的评论，但她完全无法理解居住在种族隔离的社区意味着什么（虽然她自己也居住在这样一个社区）。"我认为，贝妮莎有一个梦想，她想住在一个种族隔离的社区。"她说。贝妮莎是该剧的主角之一。

"你是说种族融合的社区吧？"我说，"贝妮莎希望离开种族隔离的社区，住进种族融合的社区。"

"对，是种族融合（integrated），我总把它和种族隔离（segregated）搞混。"她一边看手机一边说。

任何一个经历过种族隔离时期的人都不可能忘记这个词，但对苏菲来说，这些词只是抽象的概念。她和文本之间总是隔着一层东西，在阅读和写作之前必须首先咨询家教，因此对阅读的内容缺乏代入感。

特雷弗也对学习没什么热情，但他要在运动场上拼搏。他从中学开始就是一支竞争激烈的足球队的成员。还在上七年级的时候，他就训练到晚上 10 点，快 11 点才回家，半夜才睡觉。他周末基本不在家。他爸爸头发灰白，神情严肃，看起来像哈里王子和梅根·马克尔婚礼上的嘉宾（哈里王子这边的亲戚）。

在特雷弗踢球时，他爸爸就在球场边一边踱步一边接电话，时不时焦虑地看向球场。如果特雷弗表现不佳，就会受到他爸爸的一顿痛批。有一次，特雷弗邀请我去观看他参加的一场足球赛。为了表达对他的支持，我答应了。我和他爸爸坐在观众席的前后排。比赛期间，他爸爸一直对教练、裁判和特雷弗大喊大叫，我实在受不了，换了一个位置。还有一次，我去他家给他补课，在他房间外面等待时听见他爸爸对他吼叫，说他"丢脸，不配待在球队里"，因为他爸爸觉得他那天下午在球场上表现太差。如果出生在古代斯巴达，特雷弗的爸爸一定是一位出色的家长。像特雷弗这样的孩子在体育上花费了太多时间，透支了自己的身体。我教过的一个学生打网球时肩膀永久性受伤，再也无法实现在大学里打网球的梦想。

特雷弗的爸爸对我还算友善，不过我不经常看见他。他从玻璃壶里给我倒苏打水时，会特意加上一张餐巾，避免饮料洒到红木桌子上。我偶尔也会遭到他的严厉批评，这种时候我特别能体会到特雷弗的感受。

有一次我去他们家，他爸爸接过我的外套，居然开始和我说话。他把我破旧的黑伞插进陶瓷伞架，和里面的博柏利雨伞放在一起，然后问我："特雷弗在学校考试会利用加时条件吗？"特雷弗被诊断存在学习障碍和注意缺陷多动障碍，因此获得了考试加时优待，但他爸爸坚决反对他享用一切特殊待遇，觉得这是舞弊。他曾经冷笑着说："特雷弗进入社会以后还能加时吗?"这是一种蛮不讲理的推论,特雷弗考试需要加时并不意味着他做其他事情也需要加时。我只好回答他,我不知道特雷弗考试有没有用加时条件。他开始对我咆哮:"如果你都不知道,那谁会知道?我在家的时间不多,没法儿充分了解我儿子的核心样本,这些事情我都靠你汇报!"就像苏菲理解文本一样,我开始揣摩这句话里的"核心样本"一词。我不知道它在管理咨询行业是不是一个常用词,它似乎自带一种与临床相关的科学感,令我眼前浮现出培养皿和滴管的画面。这时,他的妻子出现了,一个高挑、沉默、不怒自威的女人,把胳膊交叉叠放在胸前。她的脸色有点难看,不知道是对她丈夫还是对我不满意。不管怎样,这场对话结束了。

在接下来的补习时间里,我心里一直装着这件事,有个固执的声音不断质问我:为什么我不知道特雷弗有没有用加时条件?回家的地铁到站了,我意识到原来特雷弗每天都是这种感受——被贬低、被监视。后来,在第五大道上走向特雷弗家所在的公寓大楼时,我常常想象自己与他父亲对话:"你才是他父亲,如果你都不知道,我怎么会知道?"但这样的对话只存在于我的脑海中。见到他本人时,我依然彬彬有礼,只是不会与他闲聊太久,而是尽快开始给他儿子补课。

要知道,像特雷弗这样的孩子根本不需要体育奖学金,就算大学学费涨几百倍他们也付得起。事实上,只要他们的父母给大学写一张支票,他们就能入学。但他们还是坚持练习体育项目。要想参加甲级体育项目，尤其是在常春藤盟校，学生需要符合全国大学体育协会（NCAA）的指标，其中包括学习成绩和 SAT 分数。大学会计算所有队员的平均分，通常只接收来自精英私立学校且成绩名列前茅的学生进入学校体育队。有些孩子擅长运动，但学习成绩不够好，也无法入选。我辅导的学生成绩不够拔尖，达不到藤校的指标，因此依靠父母的捐款是更稳妥的路径。

在纽约，很多学生练习小众体育项目，借此进入顶级高校。布鲁克林是壁球的天下，许多家长加入了一家位于布鲁克林高地伊斯特河边的高端俱乐部——高地赌场（Heights Casino）[1]。这个俱乐部位于一座古典建筑中，里面有壁球场和专职教练。在家长眼里，壁球课就是自家孩子上藤校的入场券。有些学生凭借壁球就能进入顶尖高校，因为有条件练习壁球的美国人并不多。壁球几乎已经成为布鲁克林高地精英家庭的一种信仰。布鲁克林高地虽然位于布鲁克林，但这个地区像上东区一样充斥着特权的味道和私立学校的做派，这里居住着许多华尔街银行家，他们的孩子都打壁球。孩子们走在上学路上，壁球拍会从书包里伸出来。这些孩子在黎明和黄昏时都要练习壁球，他们拥有专属的壁球教练，其中许多来自埃及，这是英国殖民主

---

[1] 虽然名称含有赌场一词，但它与赌博无关，因为 casino 在古代的意思是"社交俱乐部"。

义的遗留特色。还有人专程去埃及学习壁球——当然是在"阿拉伯之春"之前。在暴动期间，大量民众在开罗的解放广场举行抗议活动。一名布鲁克林家长甚至向我抱怨："革命运动为埃及小孩提供了不公平的优势，他们因为学校停课有了更多时间练习壁球！"有些孩子定期去耶鲁大学参加壁球锦标赛，他们谈论全国排名就像普通小孩谈论自己的 Spotify[1] 歌单一样。

由于经常参加比赛，不少孩子压力很大。有的孩子排解压力的方式是玩电子游戏，这还算是好的；有的孩子——比如特雷弗——则不顾一切地试图葬送父母为他们精心安排的前途，他们被一种自我毁灭的冲动所驱使，去尝试各种危险活动。特雷弗对我没什么戒备，他告诉我他吸大麻上瘾，并协助朋友进行交易。

在我坚持要告诉他的父母后，特雷弗只是短暂地表现出愤怒。看来在他虚张声势的背后，他其实希望有人阻止他自我毁灭的行为。我胆战心惊地给他爸爸打了电话。他父亲得知后冷静地对我说"谢谢"，然后挂断了电话。他觉得没有必要和我讨论这个问题。这件事会在家庭内部得到处理。

让我惊讶的是，特雷弗并没有遭到什么惩罚。对于体育以外的事情，他爸爸意外地宽容，好像那些事情都不重要。只要特雷弗还在通往藤校的路上，他就会原谅儿子这段短暂的"毒

---

[1] 在线流媒体音乐播放平台。——编者注

枭"生涯。

家长对孩子管教不足也体现在课堂上。我在一所顶尖私立学校教书时曾经被一群男生取笑。那天，我系了一条花纹围巾，他们问我："你是乘务员吗？"我不知道他们为什么会把围巾和乘务员联系在一起。的确有些乘务员系围巾，但他们住在第五大道的母亲也会系围巾。他们显然很享受俯视老师的感觉。在我准备继续上课时，他们接二连三地喊：

"你能帮我拿点坚果吗？"

"你能给我倒一杯苏打水吗？"

"我的啤酒呢？"

教室里爆发了一阵哄笑。

第二天，这些孩子笑不出来了，因为我给他们安排了突击测验，并且告诉他们，除非他们表现得规矩一点，否则每天都要进行测验。许多学生觉得难以置信："格罗斯伯格老师，你不能这样对我们！"我收到很多来自家长的电子邮件，邮件中称他们的孩子收到了无辜牵连，但没有一名家长或学生对我表示支持或道歉。最终，这些孩子勉强学会了尊重我，也学会了一些书本知识以及如何善待他人。

很多小孩的生活中只有学习和体育这两件事。和特雷弗一样，亚历克斯打球的时间比睡觉的时间还多。每天下午，一辆黑色的 SUV（运动型多功能汽车）把他从学校送到私人网球培训班。他的网球水平远高于学校网球队，需要每天和私人教练沟通。他每天放学后练习几个小时，有时候凌晨起床，在上学前练习。他的教练们会认真分析他的每个动作。他是能在全国排上名次的选手。他知道自己的排名，也会坦然地告诉别人。

亚历克斯的司机——一名来自波多黎各的移民——每天按时接送他去练球，风雨无阻。在路上，司机紧张地轻轻拍打方向盘，音响里轻声放着萨尔萨乐曲，以免打扰到在后座玩手机游戏的亚历克斯。飓风"桑迪"来袭时，全市停摆，学校停课，但亚历克斯的妈妈仍坚持让他练球。幸运的是，在全市大部分地区停电的情况下，网球俱乐部还有电。亚历克斯已经不记得他是从什么时候决定开始打网球的，甚至不记得这个决定是不是他自己做的，但他一直坚信在全国排名中靠前就是自己的人生使命。晚上 7 点，练习结束，SUV 把他从俱乐部安全送回位于公园大道的公寓楼。他和司机相处的时间比和父母在一起的时间多得多。每次我给亚历克斯补完课之后，又过很久他父母才回家。补课期间，他想象自己拿着球拍在空中挥舞，仿佛心思一刻也没有离开球场。即使在电脑前，他也总是耸着肩，擦掉鼻子上的汗水，仿佛随时准备接球。

虽然大部分时间都待在车里，但亚历克斯头脑敏锐。他话不多，但在我们谈论"二战"后的郊区化现象时，他能写出"郊区化在战后快速发展，导致更多特权阶层离开城市"这样的句子。无须我的提示，他就能迅速看出公路和郊区的建设与白人逃离城市之间的关系，而且他天生拥有清晰明了的写作风格。

看着他谜一般的脸庞，我不知道他为什么懂得这么多。他就像《了不起的盖茨比》里面的猫头鹰眼镜男，具备超强的观察力和感悟力，虽然他在回答问题时仍在头也不抬地打游戏。

亚历克斯一天当中的每个时刻都得到了充分利用。他不是在和私人教练打网球，就是在去参加锦标赛的路上，或者在跟着毕业于耶鲁大学的数学家教学习。他还有一个每小时收费800美元的SAT家教，这位家教会指导他考试的方方面面，甚至详细到坐在教室哪个位置以及中场休息吃什么零食。

还有几个心理医生帮助他缓解焦虑。近年来，与他人频繁接触以及受社交媒体影响，青少年焦虑感大幅上升。在美国，富人家孩子的焦虑程度和穷人家孩子的不相上下。这两个群体的压力来源迥然不同，但他们都有强烈的不安全感。穷人家的孩子不知道如何生存和赚钱，不知道回家的路上是否安全；富人家的孩子则不知道如何达到家长的期望，不知道别人对自己的感情是否纯粹。这些压力在旁人眼里可能不算什么，但对他们来说十分真切。亚历克斯的父母对儿子漠视一切的态度感到担忧，因此他们经常与儿子的心理医生谈话。

虽然亚历克斯的父母非常富裕，他们计划留给儿子的财产完全能够保障他生活无忧，但他们仍然认为儿子必须上一所顶尖的常春藤盟校。为什么哈佛、耶鲁和普林斯顿（用升学圈内行话来说，三者合称为"HYP"）在富豪家长眼里如此重要？这是一个复杂的问题。对贫穷的家长来说，孩子被藤校录取就意味着开启一种全然不同的生活；对富裕的家长来说，这更像是一种投资回报——如果孩子能上藤校，就证明家长投入的时间和资源产生了效果。而且，在当今社会，人人都在社交媒体上公开展示大学录取通知书，如果被 HYP 录取，就更有炫耀的资本了。就像去一家价格不菲的餐厅时会拍照发朋友圈一样，目的都是获得别人的羡慕。此外，这些富裕的家长也担心子女社会地位下滑。亚历克斯的父母希望他上哈佛或耶鲁，但其实他更有可能上宾夕法尼亚大学，因为他父母都是宾大校友。作为校友子女，他在报考宾大的过程中具备天然优势。布朗大学对校友子女的录取率约为 1/3，对普通学生的录取率仅为 13%，其他藤校也差不多。在哈佛，校友子女的录取率是普通学生的 5 倍多。

亚历克斯之所以在去球场的路上坐在车里玩游戏，是因为他不需要独立完成任何作业，他的家教把作业全部承包了。他生活的方方面面都被打理得井井有条。他回家的时候饭菜已经摆上了桌，他的房间有人清扫，干净的衣物魔术般地被放在衣柜里。他从来没有出门买过食物，但他知道怎么点外卖。他很少和别人说话（除了网球教练），不过最近他开始和学校里的一些孩子一起吸电子烟——这件事发生在课间，因为他的课后时间全部被填满了。就在这样的快节奏下，他长到了 16 岁，虽然被诊断患有抑郁症，但他似乎并没有感到特别沮丧。

亚历克斯不怎么焦虑，因为他已经麻木了。他没有一刻喘息的时间。他人生中的不确定性已经基本上被移除。他没有时间去思考，一旦摆脱父母和紧凑的日程表，他就投身于各种"麻醉剂"——电子游戏和大麻。他没有认真剖析过自己，因此还没有意识到自己患有抑郁症。但他终究会意识到的。

　　和特雷弗一样，亚历克斯也大量吸食大麻，而且曾在网球俱乐部被抓到现行。他妈妈从教练那里得知了这件事，认为是邪恶的同学把儿子带上了歧途。她一开始不知道，亚历克斯还养成了偷窃的习惯。她经常在家里各处放钱——有时候一放就是好几千美元——其中一些钱会凭空消失。她对钱的数额不上心，因此一开始没有意识到亚历克斯偷偷把这些钱塞进了自己牛仔裤的口袋。发现此事后，她才开始质问儿子为什么偷偷拿钱以及把钱用在了哪里。

　　虽然亚历克斯生活在全世界最繁华的城市，但他的世界很小，他和纽约人的接触也十分有限。他从来没有走出家门去拥抱这座城市，反而是这座城市自动来到他的身边——婴儿护理师、保姆、管家、保洁员、家教、厨师、教练等人员会上门服务。他的家就是他的世界，私立学校则是另一个家，一个同样与世隔绝的上流社会。

　　这些孩子几乎连喘息的时间都没有，更不用说在自己房间里长时间独处了。我小时候经常躺在床上盯着天花板看，对上面的每一条纹路都了然于心。在夏日的午后，我经常在房间里读书、睡觉或做梦。这些孩子没时间也不愿意这么做，他们时时刻刻和手机黏在一起。的确，在当下的美国，很多中产以上的家庭的小孩都严重依赖手机，而曼哈顿和布鲁克林富豪家庭的小孩尤甚。

这会产生什么副作用呢？首先是睡眠不足，然后是焦虑，甚至是抑郁。纽约精英的孩子身上的焦虑和抑郁是显而易见的。住在布朗克斯南区或东纽约的平民家的孩子连每天平安到达学校都是一种挑战，他们还需要帮父母承担起养家的重任，而专家却认为，富人家孩子的抑郁程度是这些平民家孩子的两倍。这似乎说不通，但研究数据确实证实了这一结论。像亚历克斯、特雷弗和莉莉这样的孩子是温室里的花朵，他们被家长和一众后勤人员托举起来，内心却深知自己能力不足。家长把他们一路送上大学，而他们如何把握此后的人生就很难预测了。

哥伦比亚大学教师学院荣誉教授苏妮亚·卢塔尔（Suniya Luthar）的研究表明了财富带来的风险。根据常识，社会经济地位高的孩子不太可能染上滥用药物的不良嗜好，但研究结果证明恰恰相反：富裕家庭的孩子比贫困家庭的孩子更有可能患上药物滥用导致的紊乱症状。

卢塔尔及其同事认为，富裕家庭孩子面临的问题是由多种因素导致的。其一是家长对孩子施加的压力过大，部分家长重视成绩甚于个人品质，孩子被迫承受了这种压力；其二是家长对孩子的疏离，因为富裕的家长与孩子共处的时光往往较少，而孩子往往也会参加更多课后活动，从而占用了亲子时光。与家长共进晚餐可以对孩子产生积极影响，然而在富裕家庭里，这并非常态。第五大道的孩子常常独自在家，家长对他们的关注往往仅限于成绩，而非生活的其他方面。卢塔尔发现，极其富裕的家庭和极其贫困的家庭的孩子都可能会羡慕敢于挑战权威的同龄人。

研究人员和大众长期以来一直认为，社会经济地位越高，其带来的益处就越多。但卢塔尔认为，事实上，社会阶层越靠近顶部，其优势可能会越来越不明显甚至减少。虽然许多研究表明，社会经济地位较高的家庭的孩子人生更为顺利，但卢塔尔指出，这些研究的对象大多是中产阶级家庭的孩子。直到现在，以卢塔尔为代表的研究人员才开始剖析所谓的常识，研究"多即少"是否成立，以及对于孩子来说，美好的事物是否也会过量。财富往往与高压生活相伴相随，而卢塔尔的研究显示，高压生活会导致孩子产生各种问题。

最富有的 1% 家庭的孩子比其他经济阶层的孩子更有可能吸毒和酗酒，亚历克斯就是这样。卢塔尔对富裕家庭小孩进行的追踪研究发现，到 26 岁的时候，这些孩子滥用药物的概率是普通孩子的两三倍。卢塔尔认为，孩子们使用这些药物是为了缓解家长对他们的期望所带来的压力。她说，在过于重视成绩的家庭里，许多因素都会导致问题。

卢塔尔说："这是一种适者生存的心态。"平民家的孩子为了胜出而竞争，精英学校里的孩子也是同样的心态："顶级名校和好的工作岗位就那么几个，不是你输就是我输。"

卢塔尔的研究表明，这些孩子上大学后会继续滥用药物，而家长可能选择视而不见，因为他们更关心孩子的学业成绩。不过亚历克斯的父母很重视这个问题，带他去看了心理医生。医生发现，亚历克斯沉默、麻木，无法向他人敞开心扉。

许多富人家的孩子都有强烈的优越感，仿佛是害怕自己能力不足，只有优越感才能填补心中的空虚。一个典型的例子是，一个白人男孩进入了纽约一所精英私立学校，却还没有认识到自己先天的优势是什么以及自己是如何凭借这种优势入学的。我在曼哈顿一所私校教过的一些学生甚至信奉社会达尔文主义——简单来说，就是认为一个人有钱是因为他人品好——并竭力为其辩护。一个居住在公园大道的学生堂而皇之地说："我们能来到这里是因为我们的父母比别人的父母更聪明、更健壮。"我还挺欣赏他提到的"更健壮"这一点，不过这个孩子的确不太聪明。

起初，虽然我能感受到我的学生们十分焦虑，但这种焦虑还没有对我产生太大影响。诚然，当他们忙得焦头烂额、半夜3点才睡觉，或者因为要去罗得岛参加排球比赛而没时间复习期末考试时，我也为他们感到担心，但这是他们的生活，我还不至于为此辗转反侧、早晨起床恶心反胃。直到我开始在深更半夜接到电话，一切都变了。

例如，苏菲的妈妈有一次晚上9点半给我打电话，用她沙哑的长岛口音说："苏菲很喜欢你。"电话那边传来餐厅的嘈杂声。"她生物考试没考好，很伤心，你能给她打个电话吗？她哭了一晚上了。"

我给苏菲打了电话。我能听出来她心情不好只是因为她刚刚度过了大起大落的一天，想找个人说说话。"我生物考试得了B-，"她抽泣着说，"可是我真的非常非常努力了。"她开始没完没了地抱怨，包括"我的朋友没有邀请我一起吃早午餐"以及"我的英语老师霸凌我"。在她眼里，只要是她不喜欢的行为就是霸凌。在控诉身边大多数人都在霸凌自己后（包括她最好的朋友的妈妈，因为她要求女儿晚上11点以前回家），苏菲的心情很快好转起来。她告诉我明天要考数学，她要去学习一会儿，然后挂断了电话。我意识到，她只是需要有人听她倾诉，而她母亲把这项任务交给了我。她的父母投身于社交活动，没有时间陪伴她。她的抽泣声回荡在空荡荡的白色公寓里，落在镶着金边的法国利摩日瓷器上。还有一次，苏菲在学校组织的夜间旅行中扭伤了脚踝，带队的老师打不通她父母的电话，只好开车把苏菲送到一家急诊室，处理完脚伤后把她送回家。她父母解释称刚才在参加一场生意上的宴会，实在走不开。

后来，苏菲也惹上了麻烦。她妈妈给我打电话，请我给一名法官写一封信，说这名法官想知道苏菲为什么没有积极履行公民义务，参与社区工作。我真佩服她妈妈，这么大的事也能如此轻描淡写。她妈妈希望我向法官解释，苏菲放学后的时间都用来补课了。

"苏菲摊上事了，我觉得是她朋友怂恿她做的。她只偷了两件东西，但商店想以儆效尤。"她妈妈说，"她一直很喜欢你。"她总是拿这句话来让我帮她办事，因为她知道我心软，愿意帮助她女儿。"我会让苏菲的律师把信函的要求发给你，希望你在下周前把信写好给我们。"

我写的这封信主要体现苏菲的性格，意在向法官说明苏菲是个好公民。苏菲从一家高档商店里偷了几件东西，包括钻石耳钉。她偷的东西不多，但物品金额不低。商店对苏菲不依不饶，并且已经对苏菲提出了控告。我用苏菲的律师提供的模板写了一封信，陈述了苏菲学校的学习安排、她患有的学习障碍以及我每周给她辅导的时长。我想到了她房间里摆放得整整齐齐的瓷器以及她在小狗和管家的陪伴下在家度过的许多个夜晚。她到底想从那家商店里偷什么？是不是关注和爱？我等着她告诉我答案，但她再也没有提起这件事。

在这个家长们晚上不是在参加慈善舞会就是在巴黎出差的

世界，我不只是一个家教。在这个成绩、SAT 分数、升学和壁球排名主宰一切的世界，孩子们的每个行为都有重大意义。然而，在这个世界里，没有人把他们当作孩子，当作晚上需要向人倾诉的青少年，当作偶尔会长粉刺的人。

不过，在见到本以后，我才开始心碎。本是一个 16 岁的男孩，住在一家高档酒店的套房里，套房的价格大概是每晚一千美元。他的父母带着他弟弟住在另一间套房里，但他们从来都不在房间里。他爸爸遇到了法律上的问题，所以他们不得不卖掉位于上东区的房子。他妈妈经常外出打高尔夫。他的房间里没有厨房，他妈妈会在他房门下面塞纸条，上面写着"自己点晚饭，我出去了"。因此他经常通过酒店的客房服务叫餐。他最爱吃的是酒店的招牌汉堡，27 美元一个。服务生送餐时还会附带送来一张亚麻餐巾。

本的房间就像大多数酒店房间一样整洁，他从以前家中带来的唯一一件个人物品是游戏手柄。酒店客房人员每天打扫房间，因此他在房间里几乎没有留下生活痕迹。菜单和节约使用毛巾的提示一直放在原处。他桌上只放了一张名片，是刚和他见过面的来自曼哈顿上东区的心理医生。他的运动装备没有放在外面，可能被收在衣柜里，床上只放了他的背包和几条运动裤。

本所在的曼哈顿私立学校的学业顾问说他写不出分析复杂文学作品的论文，因此请我进行辅导。没有父母的监管，本每天独自穿梭在过敏医生、心理医生和客房服务生之间。

他经常随便套件衣服就去上学，因为他父母没时间给他买衣服。其他孩子参加学校户外活动日时都穿着整洁的 PoLo 衫，只有他身上是一件破洞 T 恤。他妈妈常常衣着光鲜地出现在各种社交活动上，只是一次比一次憔悴。夏天时，他妈妈也会去汉普顿度假。总之她永远不在家。

孩子的日常生活不是他妈妈操心的事。酒店服务人员有空就去看望本，他们在本面前很紧张，仿佛他们的工作完全依赖于他的满意度。我给本补习的地点是酒店的商务中心，旁边是一个灯光昏暗的鸡尾酒吧，在里面低声吟唱的歌手曾在 20 世纪 70 年代红遍拉斯韦加斯。这个商务中心没有门，这表明来这里的人不是为了谈生意，只是为了感受氛围。本点了一杯橙汁，但这杯橙汁装在一个鸡尾酒杯中，杯子里还插了一颗黑樱桃和一根剑形牙签，仿佛即便是一杯饮料也要乔装成酒的样子。本平时打车去学校，没有人送他上车并确认他带上了家庭作业和运动衣。无论是在上东区的私立学校还是在他住的这家酒店，没有人觉得这一切有什么不对，反正大家都拿到了足够的薪水。

本不爱读《了不起的盖茨比》，却对福克纳的《我弥留之际》产生了浓厚的兴趣。这本荒诞主义小说讲了穷困潦倒的本德伦一家埋葬母亲的故事。本性格沉闷。我在辅导他阅读的时候，他读完《了不起的盖茨比》中的大段内容也没有任何想法，仿佛书中的美国梦和财富兴衰与他的家庭没有任何关系。但不知为何，《我弥留之际》里的本德伦一家就能引起他的共鸣，虽然这家人所在的约克纳帕塔法县与本所在的曼哈顿在地理位置和文化上都天差地别。

"我爱本德伦一家人！"他难得展露笑颜。然而笑容转瞬即逝，他很快又回到了他的世界里。学年结束时，他凭借一篇关于福克纳的论文获得了全年最佳成绩，然后便前往汉普顿度假了。

另一个让我忧心到夜不能眠的孩子也独自居住在一套公寓里。他的父母离婚了，他爸爸平时在另一座城市工作。父母给他以前的保姆在同一座公寓楼里买了一套单身公寓，方便她照顾这个男孩。但 16 岁的他平时大多数时间依然独居。在这座城市里，有许多孩子像他一样独自生活，因为他们的父母在汉普顿，或者一直在出差，不知道晚上会住在哪座城市。

和盖茨比一样，这些孩子在自己家里也没有什么家的感觉。尼克在参观盖茨比的豪宅时看到，"他自己的卧室是所有屋子中最简朴的一间——只有梳妆台上点缀着一副纯金的梳妆用具"。几乎没有访客的最幽深的房间朴实无华，因为一切都是演给别人看的。

▶ 在我们如今所处的新镀金年代，最富有的1%——尤其是最富有的0.01%——坐拥前所未有的财富。但这些精英对于自己的社会地位则有不同的理解，他们认为必须一刻不停地继续奔跑，否则就会坠落。他们的财富非但没能让他们平静，反而让他们愈发焦虑。

▶ 天下父母有一个共同点，那就是希望孩子有更好的前途，但又不知道到底该怎么做。

第 **5** 章

弗洛伊德
在第五大道

一个宁静的冬日清晨，我从布鲁克林坐地铁去曼哈顿。地铁上难得有座位，我高兴地坐下来，打开一份新鲜出炉的《纽约时报》。能在地铁上看报纸实在是太幸运了，我兴奋地蜷缩起脚趾，充满了期待。

　　报纸头版上赫然出现了苏菲爸爸。他穿着一套条纹西装，手里恰巧也在用一份《纽约时报》挡着脸。我心跳加速，缓缓放下报纸，犹豫是否应该读下去。我读完了报道。他被指控犯有经济违法行为，正在接受调查。

　　当天下午，我要去苏菲家给她补习。在前往她家的路上，我设想了几种提起这个话题的方式。我要直接问她感觉还好吗？还是等她自己提起？抑或是直接讲解学习的内容——发生在中国的鸦片战争？我以前从来没有遇到过这种情况，之前她在商店偷窃的那件事，我也没有主动提起。

我摁下门铃，和往常一样，里面传来小狗的叫声。菲律宾管家接过我的大衣，告诉我苏菲在她房间里。我走进去，看见她趴在床上，房间里大声放着音乐。

　　苏菲没有和我打招呼，而是高呼："妈！布莱斯来了！"然后对我说："我妈有话和你说。"她哼着歌走进了卫生间。苏菲妈妈玛莉亚快步走来，身上散发出香水味，手上的金镯子叮当作响。我定了定神，打算说"我深表遗憾，如果有什么帮得上忙的……"等诸如此类的话，毕竟她的丈夫被控犯下不法行为，还上了《纽约时报》头版头条。

　　"太好了，布莱斯，你来了。"玛莉亚说，"苏菲写的关于法国大革命的作文只得了 B+，我不知道为什么。"她涂着红色指甲油的手指一行一行地划过论文。"哦，在这儿，老师说要使用更多一手资料，所以请你指导苏菲重写……"

　　我惊呆了，一时语塞。"没问题。"我说。

　　苏菲从卫生间走出来，比之前更沉默了。我们开始讨论学习，一句闲话也没说。我一直在等一个恰当的时机提起这个"房间里的大象"[1]，我能感觉到她是知道这件事的。我以为她会说点什么，或者我会说点什么，但我们都没有。我终于意识到，她不想谈论这件事。她只想看到我，如果我像往常一样每周三出现在她眼前，就表明她的生活依旧如常。就这样，我们都没

---

[1] 指大家都知道却避而不谈，对此保持沉默的事。——编者注

有提及这件事。

苏菲的英语老师给我打电话谈论苏菲的近况。"我知道她父亲犯事了。"他说。

"你是怎么知道的?"我问。

"因为有钱人总是在耍手段。他们为什么比别人有钱?因为他们犯法。"接下来的几天、几个月甚至几年里,这句话一直在我的脑海中挥之不去。我不知道该如何理解这句话。从表面上看,它似乎有一定道理,但我不确定,我宁愿相信这不是真的。

苏菲一家为他们避而不谈的事经历了痛苦,他们决定卖掉公寓。"我们成游民了。"她母亲夸张地宣称。在物色新公寓之际,他们搬进了一间豪华酒店套房。凑巧的是,苏菲的另一个同学(不是本)和家人刚好也住在那家酒店,因为他们家正在装修。这家人的豪宅位于上西区,曾经登上过一家著名杂志,但房主觉得有必要翻修一遍,因此这家人目前也成了"游民"。

苏菲的父母十分看重苏菲和她弟弟——一个拉小提琴的好学生——的成绩。在苏菲爸爸出庭辩护之际,她妈妈却出现在苏菲的学校里。苏菲的历史论文又得了 B。玛莉亚越过苏菲的历史老师,直接冲进了校长办公室。她让我跟她一起去。"苏菲从来没有得过这么差的成绩,"玛莉亚对校长说,"我觉得老师肯定对她有意见,因为我们苏菲的政治观点在这所学校里可能显得有些保守。"

校长和我对视了一眼。他拿过论文扫视了一遍,浓密的眉毛跟着上下移动。"我觉得这篇论文没有体现什么政治上的异见。"他说,"只是她没有按照正确的格式引用文献,对一手资料的阅读也不够深入。"

这时,苏菲妈妈打出了王牌。"你知道,我们家正在经历一段困难时期。"她的声音极富感染力,"学校里的教育工作者是否应该对苏菲多一分理解?她一直是个好学生。我说过,她以前从来没有得过这么差的成绩。"

苏菲妈妈真应该加入她丈夫的辩护团队。苏菲得到了重写论文的机会。很快,苏菲爸爸的案件结果也出来了,他只被罚了一小笔钱(对他而言)。丈夫没有入狱,女儿得到了 A- 成绩,但玛莉亚依然愁眉不展。

学年快结束时,她把我拉到一边。"你知道,苏菲明年就要上高二了,这一年很重要,你觉得她准备好了吗?"

"是的,"我说,"她今年进步很大。她的阅读习惯不错,一边读一边记笔记,也会思考论据是否支撑自己的论点。"

"嗯,我不太确定。她老师的话让我有点不安。"苏菲妈妈从花岗岩桌面上拿起苏菲的论文。这篇论文皱皱巴巴,显然已经被她红色的指甲翻阅过无数次了。"她说苏菲对文本挖得不够深,论点的顺序也应该调整。布莱斯,你能帮她吗?"

我不知道该如何回答。我指导过苏菲如何组织论点,但论点必须是苏菲自己的思考成果。真正让我感到惊讶的是,我已经给苏菲当了两年家教了,而她妈妈居然还在问我这种基础问题。"当然，没问题。"我简短地回答她。

"我们从下周起就要去汉普顿了。你什么时候过来？"

"呃，我不过去。"

"那你去法尔岛吗？"

"也不去。我就待在这里，然后去马萨诸塞州待一周，我父母在那边。"

"所以你不去东边？"玛莉亚有些为难，她无法相信我居然整个暑假都不离开市区。"我们必须把你接过去。或者用 Skype[1]来辅导她的功课？她打完网球和你用 Skype 视频行吗？"

"当然可以。我们可以讨论秋季学期的阅读内容。"玛莉亚终于露出欣慰的表情，我猜这就和她听到丈夫免于牢狱之灾时的表情一样。"太好了，布莱斯，那我们就通过 Skype 联系吧。"她轻轻拍了拍我的手。

作为一名熟谙神经症的心理学家，弗洛伊德可能会预料到，玛莉亚身上体现出来的恐惧感是纽约精英的共同特征。在我们如今所处的新镀金年代，最富有的 1%——尤其是最富有的

---

[1] 一款即时通信软件，具有文字聊天、视频聊天、传送文件等功能。——编者注

0.01%——坐拥前所未有的财富。他们几乎控制着整个美国的经济命脉，他们的资产一直在增长，而其他人的财富不是在减少就是停滞。但这些精英对于自己的社会地位则有不同的理解，他们认为必须一刻不停地继续奔跑，否则就会坠落。他们的财富非但没能让他们平静，反而让他们愈发焦虑。

在旧镀金年代，有钱人的消夏方式是配着龙虾酱吃无骨鸡和大菱鲆，在新港划游艇。但在新镀金年代，有钱人一边工作一边焦虑。虽然中产阶级也会把手机和 iPad 带上帆船，但超级富豪的工作热情无可比拟，这种热情甚至延伸到他们生活的方方面面。

旧镀金年代的富人们不担心外部威胁，因为它们根本不存在。他们担心的是自己内心的软弱，认为这种软弱会导致自己腐化堕落。因此，当时富人的孩子就读的学校以条件艰苦、校长严厉著称，其中最知名的学校应该是恩迪克特·皮博迪（Endicott Peabody）创办的格罗顿中学（如今这所学校已经全然没有了之前所具备的斯巴达精神）。皮博迪本人便是他所倡导的"强身派基督教"的化身。在格罗顿创办该校初期，学生（全部是男生）只能洗冷水澡，每周生活费不得超过 25 美分，虽然他们都来自全国最富有的家庭。

在 20 世纪 40 年代就读于格罗顿中学的克林顿·特罗布里奇曾写过，他曾接受过"黑色标记"惩罚，在学校操场跑了 6 个小时！甚至还有学生被判处"黑色死刑"，在一个只有面包、水和《圣经》的房间里被关了 3 天。

在当今社会，这种体罚是无法设想的。现在的私立学校不信奉斯巴达准则，它们铺设地毯、悬挂吊灯，建造舒适的图书馆，让学生可以在皮椅里睡觉。学校餐厅提供美味佳肴，逢年过节还有节日大餐。虽然不是所有私立学校都有操场，但大多数都有健身房、舞蹈室、合唱室以及最先进的化学实验室。此外，学校纪律也较为松散，对学生最严厉的惩罚也只不过是要求他们提前到校或晚些回家。

但学校可以做一切家长允许的事情。虽然不能进行体罚和其他不合理的惩罚，但学校经常会把学生逼到心理极限。如今学校的斯巴达精神体现在课程上，与之前相比，现在的课程难度有了显著提高，许多学生或许宁愿去皮博迪时代的格罗顿中学洗冷水澡。有一所私立学校要求初中生阅读无删节版《奥德赛》。在高中历史课上，学生需要掌握历史常规叙事方式，然后分析一手资料，如切诺基宪法和威廉·詹宁斯·布赖恩（William Jennings Bryan）的《黄金十字架》（Cross of Gold）演讲。这些都是几十年甚至几百年前的文献，需要用极大的耐心去分析解读。很多时候，学生不了解文本背景，而一些私校老师认为学生应该掌握这项基本技能，因此不会为学生讲解背景，学生只能全靠自己去理解。在数学课上，有些学生进度超前好几年，他们通过网课自学，在高中最后一年就掌握了比标准微积分更难的内容；进度较慢的学生则跟不上课堂节奏。与此同时，学生还需要与时俱进，参加大量课外活动：拉丁裔学生社团、女权主义社团、混血社团、亚裔学生社团、犹太学生社团以及其他各种五花八门的兴趣社团。总而言之，学生的精力被用到了极限。虽然学校的宣传册把这些课外活动说得天花乱坠，但它们实际上特别消耗精力，对家长、学生、老师来说都是如此。

　　课堂讨论有时会很激烈，适合那些愿意大胆表达自己的学生。像威廉——反对社会地位影响金钱观的男生——这样的孩子十分善于操控话题。威廉的自信甚至趋于自大，他会在报纸上搜集数据证明自己的观点。他喜欢说服别人和打断别人说话，还有一套让别人闭嘴的方法。

　　威廉不是个例。不够自信或表达能力不那么强的学生很难加入讨论。我工作过的一所学校有一个自由派社团，有一次开会时按照"爆米花方式"发言，即一名学生说完后指定下一名发言学生。我看到，虽然讨论的话题是女权主义，但男生说完后还会点下一个男生，导致几乎没有女生发言。终于轮到一个女生，她说完后又点了一个男生。一些女生举手想发言，但更多女生百无聊赖地保持着沉默。有色人种学生也很沉默，多数人在整个讨论会上都没有举手。

　　像苏菲这样存在语言学习障碍的孩子也难以加入讨论。我不知道苏菲是不想参与还是由于无法快速表达观点而放弃讨论。苏菲的老师经常指出她在课堂上过于沉默，建议她多表达自己。由于这句评语出现的频率太高，苏菲已经学会了装聋作哑。

讽刺的是，苏菲在家很健谈。她经常训斥弟弟，还和父母吵架。她的语言能量似乎全部在家里发挥掉了，因此在学校里一言不发。不过，我看不出来她到底在乎什么。她痴迷于流行文化，会在网上阅读明星逸事。她可以连续几小时浏览网页，对卡戴珊姐妹的一言一行了如指掌，但对学习就没那么上心。

我辅导过的大多数小孩都深受明星文化的影响。他们对真人秀电视节目了如指掌，谈起真人秀明星就像谈起自己的朋友一样。这些孩子关注明星的一举一动，他们的家长也知道这些明星并且和孩子谈论他们。这些明星通常也是商业代言人，因此需要在媒体上保持存在感。大多数美国小孩都是追星族，但来自最富有的1%家庭的孩子可以效仿明星的生活方式，因此他们与明星之间的关系可能更为亲密。他们可能与明星共事过，或者至少见过面。比如像纽约洋基队前棒球明星德瑞克·基特这样的人物来到教室，就会有学生说自己和他住在同一栋公寓楼，早上在电梯里看到过他。

这些小孩不仅有社交媒体账号，还有会向家长通知一切活动的学校在线账户。莉莉的母亲丽萨掌管着一个银行部门，但仍然能挤出时间对女儿的每项作业进行细致入微的分析，回到家时也知道女儿接下来该去完成的学习任务。她知道女儿的作业什么时候要交、下周要学习什么。她在晚上9点半回家，盘问女儿的成绩情况和作业进度，然后第二天一大早乘坐飞机出差。她在远隔重洋的法国也时刻关注着女儿的学习。

丽萨经常给我打越洋电话，我想她一定是刚从一张谈判桌的旁边起身。德国总理会不会正在另一个房间等她打完电话？她说她给莉莉的学校打了好几个电话，这让我自惭形秽：我虽然从不出差，但对 7 岁的儿子远不如她对上高中的女儿那么上心。我不明白她是怎么做到的。

在丽萨身边，我总能感到自己是多么平庸。她似乎每周末都会做指甲，虽然她总是在出差。而且她从不迟到。有一个周日，纽约地铁改道行驶，我从布鲁克林到曼哈顿需要换乘三次地铁然后再穿过休斯敦街，所以迟到了十分钟。她对我说："我注意到你最近总是迟到。"

"因为地铁在检修。"我说。

"地铁检修？那是什么？"她问我。我忘了，她是为数不多的从来不坐地铁的纽约人。她有私人司机，"地铁检修"这个词对于其他 850 万纽约人来说如此容易理解，对她来说却没有任何含义。所有人都知道，迷宫一样的地铁在周日接受检修会导致人们迟到。除了丽萨，没有人会质疑这个理由。

"他们在检查地铁线路，所以有延误。"我解释道，"我来这里要换乘三次地铁，得等 20 分钟。"

"哦，地铁啊。我那天坐地铁了，所有人都看着我。真不知道我为什么要出现在地铁里。"她面带愠色，显然还是不太相信这个理由。

虽然住在公园大道的家长们很在意孩子的成绩、粉刺和壁球排名，但他们经常不在家。很多像苏菲妈妈这样的家长不工作——她们可能因为 20 世纪 90 年代在《纽约客》杂志上发表过文章而以作家自居——但投身于各种社交和筹款活动，所以除非学校举办什么活动，否则她们可能送孩子上学后，当天就不再和孩子见面了。

我遇见的一些家长可以用弗洛伊德关于病态自恋的理论来解释。他们的自我价值感依赖于转瞬即逝的成就，其中包括孩子的成绩。他们为外貌焦虑，似乎对孩子的情感世界不闻不问。而实际上，他们内心充满恐惧，害怕失败，害怕坠落。这些家长身处财富和功名的巅峰，无法进一步攀升，只会跌落，因此他们对孩子的前途忧虑重重。

是当一名富裕的家长，还是当一名孩子的前途有望比自己更好的家长？我可能会选择后者——来自巴巴多斯的护工培养出了拿奖学金上大学的女儿，来自加纳的公交车司机知道儿子将会成为一名计算机程序员，这些都是充满希望的家长。

有意思的是，我接触的很多家长希望子女走自己的路。一些家长极其富有，能够为孩子提供丰厚的终身收入保障。外人可能以为这些家长会鼓励孩子追寻自己的理想职业，无论是当银行家、舞蹈家还是兽医。但我发现这种情况极为罕见。总的来说，他们对孩子的期许依然局限在自己从事的狭窄行业之内。第五大道存在一定程度的性别歧视，男孩（除了少数例外）被家长一路护送进入金融、法律和房地产行业（近年来也有一些男孩进入科技行业），女孩则大多从事教育、艺术和设计等职业。不过，女孩也被鼓励进入传统观念里男性主导的行业，比如银行、法律和医学。

恐惧是驱使这些家长的一大动力，在当今这个充满政治和经济动荡的世界里，这不足为奇。在 2009 年的经济衰退期间，贝尔斯登破产和房地产危机导致一些家长的世界几乎崩塌。学校管理人员担忧家长财产缩水。确实有一两个家长失业了，不过他们很快找到了新的岗位。

在这种环境下，我以为家教生意会不景气，没想到却接到了比原来更多的生源。家长似乎更加焦虑了，他们希望尽自己一切努力为孩子创造优势。特雷弗有一天告诉我："我爸规定了我剪头的次数上限。"特雷弗的发型每两周就需要在一家昂贵的理发店打理一次。除此之外，我没看出来经济衰退对这些精英家庭有任何影响。当然，可能平静的表面下实则暗流涌动。这些家庭在衰退过后没有损失一分一毫，甚至由于房地产价格报复性反弹而财富大增。许多家庭在房价大涨时出售自家公寓，再次成为上东区奢华公寓的"游民"。

恐惧是一种非理性情感，作为一名家长，我对此有切身感受。家长不可能完全理性。有时，我也不知道如何应对这种非理性情感。我儿子的学前班老师委婉地向我表达了她对我儿子的担忧，说他和其他孩子不太一样。我也发现他很多时候并没有达到正常的发育标准。作为一名新手家长，对照各种育儿百科书后发现自己的孩子似乎偏离了正常轨道，这种感觉是很恐怖的。

一开始，我儿子不会爬，只会坐在地上移动，把裤子都磨破了。后来，他不会走。我们去看了各种专家，包括一个非常不友善的康复医师（治疗脊椎和神经方面疾病的医生）。她让我们在空荡荡的等候室等了90分钟，却说不出个所以然，反而说了一些莫名其妙的话，比如"他的头很大"。我问她："我儿子有什么问题？"她没好气地说："我不知道，但我的工作不是安抚你。"我一直记得这句话，它让我在面对心怀恐惧、试图寻找答案的家长时更有同情心。

我儿子接受了物理治疗，在两岁零两个月的时候学会了走路。多年后，我读到奥地利医生汉斯·阿斯伯格的论文，他提到了部分男孩患有阿斯伯格综合征——与我们常说的孤独症很像——我才意识到我的儿子就是一名典型患者。家长都是盲目的，即便是我这样接受过专业训练的家长也不例外。我儿子刚满5岁时确诊了阿斯伯格综合征。

有一个患阿斯伯格综合征的儿子，又辅导存在学习障碍的儿童，这是一种不同寻常的经历。我十分同情这些学习困难的孩子和他们的家长。在家长之间的激烈竞争中，我早已脱离赛道。我听到同事讨论自己孩子要去宾夕法尼亚参加棒球赛，我辅导的学生周末要去参加壁球赛，而我的儿子如果能在蹦床公园玩个半小时我就心满意足了。我儿子房间里没有绶带或奖杯——特雷弗在足球比赛、莉莉在壁球比赛和苏菲在游泳比赛里获得的那种——也没有和朋友参加派对的照片，只有一张特殊教育夏令营给他颁发的奖状。

日子一天天过去，莉莉、苏菲和特雷弗跨越了一座又一座里程碑——从被私立学校录取到考过 ACT 和 SAT——我的儿子、我的丈夫和我却进入了一个只有些许进步的世界。换句话说，我儿子的老师不再用什么高深的正态曲线来衡量他的进步，而是把他昨天的成绩作为衡量标准。可以看到，他进步惊人，但退步也同样惊人。作为一名 11 岁的男孩，他看起来很正常，会参加学校组织的营地活动，并开始学骑自行车。结果第二年，他表现出了强烈的攻击性，必须住院接受治疗。我和丈夫早已退出了主流家长圈。

私立学校的家长时常感到与其他家长之间竞争激烈，而我儿子学校的家长普遍都很友好，和他们谈论特殊学校、找保姆、早上 9 点的保龄球馆等事很轻松。他们理解"眼看这个世界与你擦身而过却深知与你毫无关系"的那种感觉。在这个过程中，我的丈夫给了我莫大的安慰。他才华横溢，懂波斯语、阿拉伯语和乌尔都语，唱歌非常好听，并且能用钢琴弹奏任何歌曲，还极具耐心。

我十分理解孩子存在学习障碍或孩子有特殊需求的家长，但同时，我与主流家长越来越疏远。有时我会有一种不现实的感觉，比如有一个夏天，我儿子因为表现出攻击性而住院治疗，而我所在学校的家长不断给我打电话或者发邮件（甚至在国庆日周末），让我帮他们的孩子申请考试加时优待。他们想让大学理事会为自己的孩子安排 100% 加时，也就是两倍时间，而学校一般只为有学习障碍的学生加时 50%，所以我必须如实告知这些家长。我身边充斥着壁球比赛获胜和太空营活动圆满落幕的消息以及学术竞赛的捷报，但对我来说，让儿子安安静静地坐在理发店的椅子上剪完头发就是一场胜利。

其实，家长们所恐惧的都是一样的。我们都为自己的孩子担忧，只是表现方式不同。因为儿子没交作业就解聘我的家长是在为孩子担忧，想让女儿在学校不被欺负的丽萨也是一样。

虽然屡屡失败，但我试图培养自己对儿子的耐心，也想知道其他家长的动力来自哪里。我尝试寻找并理解他们行为背后隐藏的恐惧，甚至也不再厌烦那些什么都要管的家长，因为比起什么都不管的家长，他们至少竭尽所能付出了努力。

与此同时，恐惧也驱使家长无所不用其极，富有的家长更是如此。我无法对恐惧免疫，但我可以与之相处。我的生活之道就是强迫自己过完每一天。每天破晓之时，生活显得尤其艰巨，但中午会好一些，到了傍晚，最困难的时刻就已经过去了。生活的困难无处不在，但我认识的一些家长希望排除孩子人生中的所有困难。

例如，我辅导过一个叫达科塔的女孩，她十分苗条，有一双忽闪忽闪的大眼睛。她母亲是单亲妈妈，也是一名卓有成就的艺术家，既不希望女儿经历青春期少女的烦恼，又希望她继续留在私立学校。为此，她的解决方法是，把女儿带去罗马待一段时间，让她不必忍受学校里的坏女孩。我真心热爱罗马，它能抚慰所有人的灵魂。但它并不能拯救一个八年级的女生，因为她从那里回来后需要面对同伴由于嫉妒而变本加厉的欺凌。把女儿带去欧洲、请她吃冰激凌、带她逛街购物这些事情都适合在暑假做，而不适合在上学期间做。达科塔的母亲需要的是一个旅伴，而不是女儿。她希望达科塔的生活充满魔法，但那并不适合一个 14 岁的孩子。

我理解家长这种急于保护孩子的心情，他们想让孩子远离一切不可控或无法预测的事情。我儿子上过很多所学校，包括特殊需求学校，但有些学校非但没能帮助他，反而让事情雪上加霜。在一所布鲁克林的公立学校，我儿子的老师是一个 20 岁出头的小伙子，对阿斯伯格综合征知之甚少。从开学第二周开始，他每天都站在教室门口向我推荐另一所公立学校。显然，我儿子成绩太差，不适合继续留在这所看重考试成绩的学校。这名老师说，我儿子画的画太抽象，全是数字和字母，应该学习画得具体一些。他给我展示了一个小女孩画的全家福。那幅画技法娴熟，但我觉得毫无个性可言。后来，我儿子学会了画自己的笑脸，我们总算是迈过了这个坎。八年后，他还是会这样画自己。甚至在住院期间，他也这么画。

我是一个倾向于回避冲突的人，因此与学校讨论我儿子的去留问题是一次痛苦的经历。我们希望学校为我儿子安排一名专业人员，学校断然拒绝，并表示已经把我儿子的档案发送给几所愿意接收他的私立学校。我后来才明白，这是最好的解决方法，只是可能要花好几年的时间才能找到适合我儿子的私立学校。如果家长不接受公立学校的安排，可以起诉教育委员会，获取高达 8 万美元的子女特殊教育学费赔偿费。这不是我希望看到的结果，但我不得不接受。

我当时想过要不要和学校据理力争。我认识的很多学生家长都凭借顽强的意志力把孩子留在了竞争激烈的私立学校。苏菲的父母充分掌握了这门艺术：帮助女儿跟上每门功课的进度，在必要时出手干预。他们全家人拼尽全力让她留在那所学校。

首先，要斥巨资给学校捐款。苏菲的父母算是学校数一数二的金主。其次，他们向学校捐赠体育比赛和艺术活动的门票，比如尼克斯队篮球赛的和芭蕾舞演出的。此外，他们还给老师送贵重的礼物，不过学校规定老师不得接受现金礼品。在苏菲上高中的最后一年时，她父母还把丝巾直接放在升学顾问的办公桌上。如果苏菲在威尼斯度假，教务老师帮她取作业，她父母还会送给教务老师一盆装在陶瓷盆里的兰花。他们会向苏菲的英语老师保证："我女儿肯定会在评教网站上给你打高分。"

如果苏菲成绩不理想，她父母就会展开一系列攻势。他们可能会怒气冲冲地闯进学校，也可能跟老师软磨硬泡。如果要求得不到满足，他们常常大发雷霆，然后搬出苏菲爸爸遇到的法律纠纷做挡箭牌。

初中时代的苏菲并不是个好学生。她有注意缺陷多动障碍，一直在服药，而且有写作困难，不过在我和她英语老师的帮助下有所进步。有传言说她要退学或者转学（她所在的学校在全市数一数二），她父母再次冲进学校管理人员的办公室，连开了几场会。苏菲妈妈要求老师给苏菲发送邮件时给她也抄送一份，以免苏菲错过邮件。苏菲还接受了神经心理学家的评估。由于确诊了注意缺陷多动障碍，她在考试时可以加时50%，而且可以在不受干扰的环境下作答。苏菲需要这些优待，也的确从中受益。她还有我这个私人学习辅导专家的帮助，因为她不愿接受学校的学习专家——全市最好的专家之一——的辅导。私人辅导每小时要收费200美元。我理解，苏菲不希望在学校表现得不如他人，她父母也不希望其他家长知道他们的女儿需要额外辅导。

通过不懈的努力，苏菲上高中后成了一个不错的学生。她没有十足的学习动力，也没有敏捷的才思，但她已经跻身班级前30%。我惊叹于她父母旺盛的精力和乐观的精神，也常常想到我的儿子。富有的家长可以为了孩子的发展投入充足的资源，而一周工作六天的我以及其他大多数家长都做不到。我当初是否应该力争让儿子留在主流学校，就算他的需求无法得到满足、老师也不愿继续教他？我儿子后来进入了特殊教育学校，每当别人问他"你上几年级"时，他总是回答"我也不太清楚"。他的学习内容是根据他的需求定制的，通常包含很多行为和社会交往方面的知识。他的经历和主流学校的孩子所经历的全然不同。虽然理智告诉我，我和其他大多数家长都无法像富裕的家长那样对孩子投入源源不断的资源，但我依然会感到愧疚。

有时候，学生家长会询问我我孩子的情况，却又似乎害怕听到回答，因为他们以为我一定有一个成绩优异的孩子。当我说我儿子患有阿斯伯格综合征时，有时能看出这些家长不经意间露出了一丝欣慰。往好了想，他们可能觉得原来老师也有为人父母的困惑；往坏了想，他们可能有一种幸灾乐祸的心理，因为得知了别人的孩子还不如自己的孩子。不过总的来说，身为一名特殊儿童的家长，我认识到，父母应该做的事情永远只有一件，那就是心怀爱意地参与孩子的成长。

在看特雷弗踢足球、听苏菲唱歌或看莉莉打壁球时，我常常会想到我儿子与他们拥有截然不同的童年。天下父母有一个共同点，那就是希望孩子有更好的前途，但又不知道到底该怎么做。

▸ 孩子被私立学校退学会让全家颜面扫地。家长往往把一部分社交重点放在其他学生家长身上。自己的孩子离开这所学校可能意味着将断绝这种或已存在多年的社会关系。

▸ 那些丢失的作文实际上并没有丢失。作为学习辅导专家，我觉得它们更像是一种线索，帮助我慢慢拼凑出每个孩子的情况。那些丢失的作文后来几乎总会以某种形式被找回来。

第 **6** 章

"我把作业落在了
汉普顿"

我年轻时刚开始从教的时候，学生经常跟我说他们弄丢了论文。去汉普顿度假的学生会说，他们把文章存在了那边的电脑上，但在谷歌文档出现后，这种理由就不再成立了——因为我们可以通过电子邮件的云账户来访问文档，而不再局限于某一台电脑。然而，就算有了谷歌文档，还是会出现各种各样的故障，学生的个人谷歌账户可能会崩溃，学校谷歌文档的功能也可能会出故障。即便已经身处数字时代，学生的作业还是可能会被狗狗吃掉。

我很难判断这些情况的真假，就像我最初很难理解家长口中学生的情况与实际情况之间的差距。许多父母只是请我来辅导孩子，而不会告诉我更多背景信息。比方说，在我辅导苏菲几年后，她的妈妈才轻描淡写地提到苏菲曾经接受过 ERB 测试辅导。

特雷弗的表妹茱莉娅尤其令人难以捉摸。她的父母请我辅导她学习 AP 美国历史。他们没有给我透露太多信息，但我上网搜索过他们家避暑别墅的照片，真是美轮美奂。客厅放眼望去一片纯白，我看得很细致，希望借此多多了解茱莉娅一家。我认真观察着那浅灰色的墙面，旁侧的露台是早餐区，厨房里摆着锃亮的铜器和成套的精致餐具。我还在一家房地产网站上看到了这栋大别墅的航拍图，房子旁边带着个异形泳池。看完照片，我仍是一片茫然。通常来说，我总能从学生家捕捉到很多信息，但从茱莉娅家的曼哈顿公寓和岛上度假别墅的照片来看，我什么都看不出来。一切陈设井然有序，没有显示出任何主人的个性。唯一让我印象深刻的是茱莉娅给我看的一张照片，上面是一只黑色的贵宾犬懒洋洋地躺在泳池边。

　　茱莉娅想拿到好成绩。她的高二历史老师建议她别选这门课，但她喜欢历史，想通过学习历史来追随她父亲的脚步。然而，她的文章错误百出，而且她平时文章写得太少，调研能力也很差。老师布置了大部头的学术巨著，她就埋头苦读，比如埃里克·福纳（Eric Foner）的《重建简史》（*A Short History of Reconstruction*）。这本书曾让大学的我不知所措，更是令高中生望而生畏的存在。书里有数不清的脚注、名称和日期，还包含了"重建"的不同阶段，并且概述了美国政府在内战结束后为何没有努力颠覆从前奴隶的生存状况。这些材料晦涩难懂，而她穿着比基尼慵懒地躺在泳池边，在上课前的暑假就把材料看过一遍，希望能在阅读方面领先于其他同学。

她就读于一所男女同校的私立高中。高三那年，其他学生都在玩耍打闹，而她待在学生休息室里看书。我见到她的时候，她已经给所有阅读材料写上了注释，标记出重要的段落和细节。她行文笨拙，不过确实下了功夫，文章中的细节很丰富。茱莉娅很难加入课堂讨论，而且总是很疲惫。她每个学期都在争取考 B-，每次都能如愿拿到这个成绩。她是女子足球队队长，在这方面花了很多时间，足球为她带来的赞誉远远超过学业。她甚至会在下雪天约我上课。有一次，只有那一次，我到她家时她没有出来，我看到她还躺在床上。管家微笑着对我说："茱儿起不来。她真是个懒女孩。"

我并不觉得茱莉娅懒。也许她是想在这无休止忙碌的一天中休息片刻，短暂逃离他人的关注。她似乎从不悲伤。偶尔，她的情绪也会失控，她会怒气冲冲地和父母、老师顶嘴。但这些都只是零星闪现的瞬间，她在大多数情况下全身上下都涌动着一股正能量。她在学校算得上偶像级人物，待人友善，笑声充满感染力，而且在球场上刻苦训练。她说起话来滔滔不绝，是社交圈子的核心。在少有的空闲时间里，她还会跟小孩子讲足球，让他们爬到自己身上来，哪怕身体被压得向后倾倒，发带也被拽掉。小孩子们很喜欢她，喜欢在她经过走廊的时候大声打招呼，她也会走过去和他们聊会儿天。

她总是笑个不停，做完阅读或写完作文后很快就会起身离开。自打相识以来，我从未与茱莉娅——或者茱儿——坦诚或者交心地交流过。虽然她说过那么多话，但我还是对她知之甚少，当我意识到这一点的时候，已经为时过晚了。

在多年的家教生涯中，我早就习惯了各种形式的保密以及最终以令人难堪的形式暴露出来的隐瞒和谎言。还有一个例子是乔纳，他上七年级时，我接到了他父亲打来的电话。他在学校的推荐下请我为乔纳辅导写作。乔纳当时还无法紧扣某个中心思想写出一个完整段落，也不愿为此付出努力。

他需要写一篇关于《杀死一只知更鸟》的文章。为了写满三页的篇幅，他从书中摘抄了整整两页。我让他提炼出重点或者几行关键内容，而他对这个建议大感恼火。

"我叔叔是出版商，"他对我说，"写作的事情他比你在行。他都说了这样写没问题。"于是，这段长达两页的摘抄内容被保留了下来。

我认为乔纳存在严重的语言问题，需要做个测评才能"对症下药"。我多次尝试给他父母发邮件表达担忧，却没有收到任何明确的回复。直到6月份学年结束时，我总算在市中心的一家咖啡厅见到了他爸爸——一位颇有涵养的男士，请我边喝咖啡边聊。我见他正在读我丈夫喜欢的作者的一本书，就提到这位作者也写过加勒比海。他花了几分钟的时间来反驳我，说这不可能，因为他读过这位作者写的每一本书。我岔开了话题，试着把话题引到乔纳身上。起初他似乎接受了儿子可能有学习障碍的观点，并表示他和妻子有充足的资源，会请人给乔纳做个测评。

他回家后给我发了封电子邮件，字里行间满怀歉意，说那位作者确实写过加勒比海，甚至还说他反驳我是因为性别歧视，恳求我原谅他。但我的关注点根本不在于此。我整理了几个自己欣赏且信任的测评员的联系方式，发给了他。到了秋天，我给他们夫妻俩发邮件，询问如何安排次年的辅导时间。他们回复说，我的档期和他们儿子的体育训练时间冲突了，还说他们会找其他老师来辅导他写作。他们告诉我说，他们没有给乔纳做测评。此后两年间，我再也没有收到过他们的消息，直到后来我听说乔纳因为违纪被停学了。

从乔纳七年级显现出学习问题到高二被停学，我无法把中间的点点滴滴完整拼凑出来，只能凭想象填补此间的空白。他被同学和学霸姐姐甩得越来越远，而他的父母不愿让他感到被区别对待，导致他得不到他所需要的帮助。他变得冲动、愤怒而且叛逆。不过，这些都只是我合理的猜想，因为他们早就把我推诸事外了。像茱莉娅和乔纳这样的学生都会对我隐瞒一些事情，而我过了很长时间才意识到这一点。

有时候，把我推开的是孩子。卡门来自哥伦比亚移民家庭，她和茱莉娅一样，也喜欢小心翼翼地守护自己的小秘密。她在一所女子学校上学，是班上拿奖学金的两个孩子之一。她总是以诸如论文丢了、老师没发作业、没有收到考试通知为借口，她也知道如何应对错过预约、没完成作业、没做完阅读的情况。她生活在一张由许多小小谎言编织而成的网里，不知下一步何去何从，内心既害怕失败又想尝试。她的笔记本里画满了精致的素描画，这说明她并不像表面上看起来那样脱离现实。她捕捉到了艺术老师脸上的每一道皱纹。她其实心里什么都明白，但还是选择尽可能与自己身处的世界保持距离。

找不到作文了，是孩子们想要从头再来的方式，是他们不懂装懂的方式。在纽约市的私立学校，老师们努力了解后千禧一代的科技作弊手段。虽然如今的作弊已经换上了新的面孔，但搞小动作仍旧可以发挥作用。莉莉告诉我，有一个和她一样享受加时优待的女孩，会利用自习时间把自己的数学试卷偷出来塞进书包，而不是交给监考老师。因为这个女孩知道监考老师有好几场考试要忙，数学老师在监考文件袋里找不到她的试卷，就没有办法给她打分了。这种情况在一年之内多次发生，而且只发生在她一个人身上。

不过，大多数孩子不需要用这么明显的方式作弊。要是考试的时候发现题目不会做，他们就会佯装生病去找校医。如果他们没有在考试期间装病，就会事后向家长抱怨考试时身体不适，然后家长会给老师发邮件说孩子当时身体不舒服，要求重新考试。这样的借口有着无数种表现形式，其中包括"我午饭时忘了吃多动症药"。我们很难知道哪句是真、哪句是假。如果接受这些借口，就只能被当作傻瓜；如果不接受，就会被视为恶人。大部分老师早就放弃抵抗这股洪流，会直接给学生组织重考。我不知道这些学生上大学或大学毕业后会是什么样子，因为那时候他们就没有办法像现在这样轻松装病，而且还不需要承担任何责任了。

家长们通常会选择最省事的解释，即他们的孩子身体不适或者走错了考场。有的家长能听进去老师的建议，令我十分佩服。我认识几位这样的家长，即使他们在开会讨论孩子考试不及格或存在行为问题时已经情绪崩溃，依然会说："你说得没错，我们的儿子应该离开这所学校。"但大多数父母并非如此，他们始终坚持己见，并且常常还会迁怒于老师，或者为孩子考试不及格找借口，从而掩藏更大的真相。例如，他们会说"要是萨缪尔斯老师在论文截止前一周没有缺课就好了"，但这篇文章明明是需要孩子花一整个学期来撰写的。

如果学生被退学，他们就很难再找到另一所私立学校，这也是家长拒绝退学的一大原因。要想进入另一所独立学校，孩子必须参加难度极高的 ISEE 或者 SSAT[1]。那需要认真地准备几

---

[1] ISEE 全称为 Independent School Entrance Examination，SSAT 全称为 Secondary School Admission Test，二者皆为美国私立中学入学考试。——编者注

个月才行，而且纽约市很少有空缺名额。如果学生被迫在学年中途离开，一般很难在其他学校取得入学名额，除非他们打算上特殊教育学校或者其他类型的专科学校。

孩子被私立学校退学会让全家颜面扫地。这和被公立学校退学不一样，被公立学校退学可能会让人羞愧，但家长通常不会因此感到失去社会地位。孩子上私立学校时，家长往往把一部分社交重点放在其他学生家长身上。他们每天早晚都会接送孩子，还会和其他家长在校外举行聚会。结交其他家长对经商十分有利，因为这些家长通常地位优越、经济富裕。自己的孩子离开这所学校可能意味着将断绝这种或已存在多年的社会关系。

但撒谎反而会让孩子被退学的可能性变得更大。某年年初，在我任教的一所学校里，有几个孩子出现了招生委员会未被告知的问题。这些问题在学年之初的野营活动中就已经显露端倪，到了初秋时期突然恶化。有一个男孩不愿意起床，不肯去上学。招生委员会了解到，他在前一年春季转学前就出现了这种情况，但原校方和家长都没有告知招生委员会。学校迅速采取行动，试图向这个男孩提供心理帮助，但是收效甚微，一切都太迟了。他试着回到学校，却发现自己回不去了。再往后，我和他失去了联系。还有一个男孩，刚开始看起来前途一片大好，但后来学校发现他几乎没有办法跟成年人说话。他在家里还会出现其他问题，是长期以来的性格所致，他第一学年就被送去参加寄宿制治疗项目了。这些家长没有在入学前向招生委员会提到孩子有任何问题，导致孩子为了寻找更加舒适的环境，只能不断转学。

我理解家长们都想争取进入主流学校，他们希望孩子的焦虑或其他问题能随着时间的推移而消失。人们会自然地认为："这只是紧张而已，开学之后就会好起来。"我的儿子曾经被迫离开好几所不适合他的学校，所以我知道未来的一切都很难预测。

然而在一定程度上，家长的欺瞒和误导依旧存在。这对任何人都没好处，尤其是对孩子。在我执教的一所学校里，有个女孩瘦得厉害，她的双颊曾经圆润饱满，如今却开始凹陷，身体也变得消瘦干瘪，慢慢变成了名人走红毯时所青睐的"棒棒糖"身材[1]。整个学年下来，家长对此只字未提，而他们的女儿日渐苍白，身体瘦到连衣服都撑不起来了。直到校医给家长打电话，他们才知道她为了减肥在超量服用利他林。利他林是一种常用的苯丙胺处方药，能够安全有效地治疗注意缺陷多动障碍。在电影《娃娃谷》热映时期，这种药物也曾经被当作减肥药使用。校医要求学生去看医生，并且加入治疗小组，希望她能够停止滥用药物，恢复体重。

此类情况当中存在许多模糊地带。我们不一定能弄清楚父

---

[1] 指头大身瘦、看起来像支棒棒糖的身材。——译者注

母能意识到或者想意识到多少。公园大道上的男男女女往往都像是"纸片人",他们的父母也是如此。这个社会阶层的人很少出现肥胖身材。在纽约市的豪华私立学校里,500个孩子中大概只有5个勉强算得上超重。我花了一段时间才弄清楚隐藏在学生看似健康的身体背后的故事。最有可能的情况是,这些孩子最开始为了减肥而制订健康计划,例如和私人教练一起锻炼,后来却演变成了一种执念,有的人开始只跑步而不吃东西。一开始他们会受到别人的夸赞,很可能来自父母,也可能来自教练(不过无可否认的是,许多教练都希望孩子拥有健康的体重)。他们的目标很快就会从保持健康沦为维持极低体重,这会让孩子置身危险当中。研究人员认为,这种限制热量摄入的做法会严重破坏大脑神经递质系统。

对运动员来说,通过限制饮食的方法来限制热量摄入,会让他们面临更大风险。许多体育项目要求孩子露出身体某些部位,有人认为这会构成困扰。以纽约市私立学校排球队的女生为例,她们一般都会穿上看起来像内裤的弹力裤。目前尚不清楚超短裤对运动有没有帮助,但毫无疑问,在我接触过的孩子中——无论是男孩还是女孩,参加此类运动或跑步比赛时都感受到了巨大的减肥压力,而且大多是源于自身。许多人和莉莉一样,仍然享受着美食,但另一些人则养成了不健康的饮食习惯。一开始他们为了穿排球短裤而瘦腿,后来却可能会发展成暴饮暴食。

如果你不知道暴饮暴食是什么样子，可以在上午十点左右去高中的学生休息室看看，大概率能够亲眼看到这样的场景。那些经常不吃东西或睡眠不足的青少年，囫囵吞下大量高糖分、高碳水的零食——小熊软糖、甜甜圈、超大百吉饼和数不清的棒棒糖，这些东西对大多数人体内脏来说似乎都难以消化。专家认为，暴饮暴食对大脑产生的刺激和其他成瘾行为类似。其结果是形成一个自我强化的节食——暴食循环，而且吃进去的食物主要成分是糖和瓜尔胶。饥饿的大脑处于混乱状态，它只需两袋瑞典鱼软糖就能得到满足，进入短暂的平静，然后乞求主人吃更多。

　　暴食通常是偷偷进行的，这就解释了我上辅导课时经常在课桌和地板上看到的玉米片袋、糖果纸和空咖啡杯。通常情况下，学生会躲在高高的星巴克咖啡杯后面吃东西。他们喝星冰乐时，看起来未必是在暴饮暴食，但超大杯焦糖星冰乐中含有81克糖——这正是饥饿的大脑所渴望的。因为喝咖啡，这些青少年无法获得常规营养物质。他们还要接受艰苦的锻炼，通常是在学校上体育课或者外出参加旅行队的比赛，有时一天之内两项都要进行。尽管如此，如果孩子们看起来身材结实、肌肉发达（许多人确实如此），家长们往往不会认为那些过于瘦削或者依赖咖啡的孩子有问题。

　　孩子们的身体揭示了一个难以解读的深层故事。一些高中运动员经常骨折。由于参加校队和校外旅行队，他们已经锻炼过度，因此长期伤病缠身。家长和学校本该敏锐关注到孩子的情况，但这些伤病却往往被看作理所当然的事情。

在纽约市私立学校的走廊走一圈，你会看到一大排拐杖和石膏。孩子们顽强地拖着它们四处走动，有些孩子甚至已经用得很熟练。他们有着亲密的"哥们儿体系"，几个朋友相互把背包拽来拽去，大厅里经常能听到拐杖落地时发出的丁零当啷的声音。这些孩子当然容易受伤，他们在操场和运动场上尽情挥洒自己的精力，受伤本来就是意料之中的事情。但是，如果这些孩子因承受高强度运动而伤筋动骨，就表明家长们在一定程度上愿意让孩子遭受职业运动员需要面对的伤痛。

这种无情、残忍的育儿方式在孩子们身上留下了印记，纽约市前 1% 富裕家庭的孩子似乎更有可能——而不是更不可能——长期承受这种伤害。大多数孩子年幼时就参加了体育运动，因为家长鼓励他们培养一项运动特长。这 1% 的人并非唯一一群从小坚持专业运动的人，只是他们确实有更多资源接触额外的旅行队、私人教练，在早晨五点穿上运动鞋进行蹲起训练。

脑震荡当然也是一个常见的问题。这是参加激烈的身体接触类运动的结果，纽约市大多数私立学校都有针对脑震荡的处理政策。虽然关于这类情况的医学建议各有不同，但一般情况下，医生都建议孩子在脑震荡后的一段时间内不要看屏幕，直到不再头痛为止。有些孩子借题发挥，在受伤几周甚至几个月后还喊头疼，这样就能少做家庭作业了。其实他们在 Instagram 和电子游戏上花了大把时间，换句话说，他们的状态似乎还不错。

这些伤害应该没有不实之处——但也说不定。在某种体育竞技的程度上，家长会对孩子的表现结果弄虚作假。那么为这些运动所花的时间呢？体育无可否认是一件美妙的事情。让孩子加入一个更大的团体，帮助他们提高纪律性，感受身体的力量，这对大多数孩子来说确实无比美妙，而且往往比学习更有意义。站在学校的足球场前，我能感受到 40 个孩子所带来的秩序和美感，他们齐心协力、刻苦训练，努力让自己变得更优秀。但在某个（可能难以衡量的）时刻，父母和教练（大多是巡回赛教练）会运用某种不诚实的手段，因为比赛结果对他们的意义要大过对孩子的意义。

这让人不禁想起《了不起的盖茨比》中尼克·卡拉威所爱慕的乔丹·贝克。尼克写过她"纤细的金色臂膀"以及她对权力的不懈追求——只能借由高尔夫球场上的胜利得以实现，即便这些胜利是通过欺骗的手段获得的。乔丹是个冷漠的人，她的所作所为都只是为了取胜，醉心于比赛的灵魂让她忽视了其他的一切。然而，她参与的体育运动并没有让她站上奥运会赛场，而是让她深深陷入了冷酷的欺骗。那些在训练中学到要不顾一切赢得胜利的孩子，长大后可能就会成为乔丹·贝克，而不是迈克尔·乔丹。

○○

　　传统观点认为，我们社会中各种各样的犯罪都与下层阶级有关，他们或许是迫不得已要通过欺骗来讨生活。然而，加利福尼亚大学欧文分校的心理学家保罗·皮弗（Paul Piff）和同事安排研究员在旧金山地区的一个十字路口观察后发现，从年龄、外表和性情方面判断，开豪华汽车的人比开普通汽车的人更不愿礼让车辆和行人。换句话说，路虎会抢在前面，起亚则会停下来。或许有些富人可能会像沃伦·巴菲特一样开起亚，但这些研究人员在其他研究中也有同样的发现。例如，他们发现，如果在研究对象面前放一堆糖果，并告诉他们这些糖果将会送给一群小孩，比较富裕的人拿走的糖会多于不那么富裕的人。研究证明，社会经济阶层较低的人更有可能出于同情和平等观念而表现得更为慷慨。

　　皮弗和同事认为，社会经济阶层较低的人对周围的人更加敏感，他们往往把利他的助人行为当作应对自身相对贫困状态的方式。对于资源较少的人来说，帮助他人是一种很好的应对策略，因为他们有朝一日可能也会需要帮助。

　　这样的研究结果绝不意味着富人皆是罪恶的，穷人全部崇高。那太过绝对了。不过，这些研究的确让我想到了一位私立学校学生的父亲，他因为儿子惹了麻烦而感到很大的压力，所以把院长办公室给学生准备的糖果塞进了自己嘴里。这些研究还表明，社会经济地位较高的人希望免于承担更多责任。这并不意味着人们本性的好坏，不过确实与人们的社会阶层相关。只要你关注新闻，就不会对这个结论感到震惊，比如在过去半个世纪左右，很多有权有势的人自甘堕落，犯下金融、性和其他方面的罪行。

富人倾向于认为他们可以逃脱更多责任，这一点也体现在他们向我支付酬金的方式上。我有时会拿不到报酬。比起经济拮据的客户，富裕客户付款需要的时间可能要久得多，甚至根本不付款。会立即结付费用的家长是那些为补习做出了牺牲的人（不过我会对这样的家长提供浮动计费）。不用月底发提醒，也不用我列清单，他们就会把支票送到我手里。那些能轻松负担家教费的人通常会告诉我，他们忘记邮支票了。甚至在PayPal[1]出现之后，还有家长跟我说他们不会使用电子支付，也没有时间去研究。还有一位家长常常把酬金一拖就是几个月，有一次他把投资报告放在餐桌上，我无意中看到他在其中一只基金里投入了千倍于我的报酬的资金，旁边的饼状图显示这只基金持仓了几支高增长股票。

在争取拿到课时费的过程中，我发现一些家长的生活是建立在层层谎言之上的。这当然并非常态。我的大多数学生家长都希望孩子表现优异，他们也非常愿意及时付款。但每隔几年，

[1] 相当于中国的支付宝。——译者注

我就会遇到一位满嘴谎言的家长。曾经有一位母亲请我帮她儿子修改大学论文，却在我找她结款的时候人间蒸发了。她之前每天都会给我发邮件或短信，后来却杳无音信，不回邮件、电话和短信，甚至其他认识她的家长也联系不上她。

我后来发现，原来她的生活纯属虚构。尽管她在电子邮件中附上了她的领英页面，但她所谓的咨询公司根本没有出现在其他网站上。网上很少有她的踪迹，她只在一个谷歌网站上面点评了包括从餐厅、商店到国会议员在内的各种人事物。她给肉毒杆菌注射服务打过高分，但很快就为自己在曼哈顿的豪华公寓楼打出了低分。她在那句标点符号都没用对的评论里说，这栋公寓楼的物业没有及时打扫好她的公寓。她留下的唯一的虚拟线索是一系列连珠炮似的评论。她的商务地址是一家俄罗斯公司经营的虚拟办公室，她简历上曾经就职的公司都是假的，她的名字也查无此人。她是现实世界中的隐形人，在谷歌文档里的存在感倒是很强。我在谷歌文档中看到她接受了我对她儿子文章提出的数百条建议。我看到这些虚拟线索时，她可能已经逃到了外太空，无迹可寻，也无从追责。

我还有过被解雇的经历。尽管我的大多数辅导都比较顺利，但也有例外。有一个家庭因为母亲再婚陷入了混乱，我特别喜欢她儿子。继父对自己不得不为继子花时间感到不满。这个孩子从前在布鲁克林上公立学校，如今母亲再婚后，来到了曼哈顿上东区一所昂贵的私立学校。他们在家请了一位专业厨师，并明确表示，由于他们从事的是音乐行业的娱乐性工作，因此不希望我在家里做辅导。所以我每周在学校辅导他两次，他取得了一些进步，但还是出现了写完作文却没能上交的情况。他可能是打印好了作文却忘了取走打印纸，或者把作业落在了某个背包深处。

他的继父给我发了封解雇邮件。他全篇用大写字母写道："你本该帮他交作业，但你没有做到。你被解雇了。"我试着告诉他，我不能保证他的继子会打印文件，因为打印机在他家里，而我不能去他家。不过当时已经是 5 月了，我已经对这个学年感到疲倦，就没有计较。当这位继父结付全部课时费时，我惊讶极了。几年后，我看到他站在市中心的办公楼外面抽烟。他站在人行道上，没有抬头。我一直想知道他的继子后来怎么样了。

我也曾被上西区一位母亲解雇过，因为她的女儿为科学考试准备得很充分却还是没有通过。她用了好几种方法来学习相关资料，理解得很透彻，但在进入考场后，这些知识就像小鸟一样从她脑海里飞走了。这个女孩明明准备得不错，却总是不及格，我对此感到困惑和不安。而且她的神经心理测验也很正常，解释不了为什么已经上八年级的她掌握不了那些她已经反复学习过的材料。我希望她妈妈可以把这件事看作另一条解答谜题的线索，但学校一位见过她家人的学习专家告诉我"他们没说你什么好话"，所以他们解雇我时，我并不意外。

我追问这位学习专家，她觉得到底是什么原因所致，她说她也不确定，但感觉女孩在考试中无所适从更多是出于心理恐惧，而非学习问题。我一直不明白这个女孩到底怎么了，也不知道她后来有没有克服惊恐问题。她父母比较传统，是那种精致的中西部人，后来搬到了纽约，各自都发展得很好。二人身材高挑，眼睛湛蓝，肌肉强健，他们的女儿也一样。大女儿是个完美学生，两个女儿都穿着套装，头戴蝴蝶结，脚上是一双带扣的黑漆皮鞋。我的这位学生有一张圆乎乎的脸庞，煞是可爱。她把全部精力都放在了学习上，努力学习拉丁语，熟记历史资料。她和姐姐因为要去楠塔基特岛度假而兴奋得不得了，她们和保姆（家长出差时，保姆经常会在这边过夜照顾她们）把淡彩色的格纹衣物塞进维拉布拉德利箱包。

　　这种生活让我联想到喜剧《老爸最清楚》中的场景，不过这位父亲经常不在，我不知道他对女儿了解多少。母亲似乎更管事，她更加聪明、更会倾听，也更能干。然而让我感到难过的是，她不喜欢我，也不信任我。我越努力解释可能有其他问题在干扰她女儿的学习，她越生气。我想从心理学的角度来解释这种情况，但舌头好像打了结。我知道对这位母亲来说我的话毫无意义，她认为这是借口，所以更加生气了。当我最终解释她的女儿可能存在焦虑问题，而焦虑可能会妨碍她学习时，这位母亲反驳了我。她说："我觉得我女儿挺开心的。"不久之后，我就被辞退了。

这段经历当时深深刺痛了我，而这些年来更令我感到不安的是，我不知道这个学生是如何在这种隐藏的焦虑中度过高中和大学的。她表面上看起来确实不焦虑。在接触数百名学生后，我意识到并非所有人都像伍迪·艾伦的电影《香蕉》中的菲尔丁·梅尔里什那样把焦虑写在脸上。他们不一定会啃指甲或者说话结巴，也不像教科书式的神经质者那样试图在《易经》中寻找生活的答案。尽管如此，他们的焦虑还是切实存在的。这种焦虑可能很微妙，隐藏在他们青春期的行事方式和故作冷漠的外表之下。这种焦虑可能无所不在，但又不能让周围的人察觉，这可能会占据孩子们的全部精力，因此令他们无暇去应对自己的学业。

在我刚开始做家教时，有一位母亲认为我做错了她儿子的四年级家庭作业，于是把我解雇了。那道题的内容是：一个盒子里有 25 支铅笔，计算班上每个孩子能从中拿到几支。她儿子告诉了我班级里有几个孩子，我用这个数字来解题。然而这位母亲记错了学生的数量。从某个层面来说，我们都没错，重要的是解题思路而不是结果。有一天我刚洗完澡就接到她的电话，她质问我是怎么解题的，然后我做出了解释。在她解雇我多年后，我在一所私立学校又成了她儿子的老师，我发现他有难以察觉的写作障碍。我们都没再提起之前发生的事情，只是一起努力攻克写作问题，直到情况有所好转。虽然这位母亲每次都支付了课时费，但在多年之后，她平白无故地给我寄了一张 350

美元的支票。我认为，我们都没有忘记之前分铅笔问题带来的教训。我们意识到我们都太容易急躁，而她的儿子需要我们耐心对待。

那些丢失的作文实际上并没有丢失。作为学习辅导专家，我觉得它们更像是一种线索，帮助我慢慢拼凑出每个孩子的情况。那些丢失的作文后来几乎总会以某种形式被找回来。

我不是在控诉那些拥有更多资源的人。正如我所写的，我也是一个享受过优待的人，我享受了教育的特权，也享受了成长过程中的优势。但毫无疑问，大多数享受特权的人期望得到更多，如果得不到，他们往往就会大发雷霆。这些期望可能很大程度上都是未经审视的。过去几乎没有人细思过这个问题，我们也很难去承认这一点。但如果我们希望过上一种合乎道德并且更加广阔的生活，过上一种不仅让自己变得更好，也让世界变得更好的生活，就必须承认它。

未经审视的生活意味着，我们会因为自己的财富和特权而期望得到更多。人人都有权利追求美好生活并且为之奋斗，但不要指望能不劳而获。在我接触公园大道的家长时，我发现他们希望孩子不必努力就能有所收获，或者说希望孩子只要努力就一定能得到某些东西。有位母亲告诉我，她的女儿收到大学录取通知后陷入了深度抑郁。这个女孩非常优秀，她信奉女权主义，关心时事，而且在科学方面颇有天赋。她难过是因为她考上的是约翰斯·霍普金斯大学，而她想上更好的学校。她的母亲解释说："关键是她那么努力啊。"约翰斯·霍普金斯大学已经是一所很好的大学了。这位母亲和她女儿期盼着勤奋备考就一定能得偿所愿，可惜现实并非如此。许多父母都有类似的想法，比如说：

"他那么努力提高写作，结果只得了 B-。"

"你不知道她有多努力。"

"她写了一晚上作业，但老师还是不喜欢。"

这些家长的问题在于，总是把努力与成绩绑定在一起（学生是不是真的在努力学习更是不得而知）。家长告诉孩子"只要努力就会有好成绩"，这其实只是一种安慰。我接触的许多父母确实做到了——他们付出了努力，也获得了成功——所以认定孩子也会如此，认为努力和成绩总是如影随形的。努力本身不再是一种收获。对于有学习障碍的孩子来说，问题尤其严重，因为他们的努力可能得不到结果。茱莉娅是一个必须加倍努力才能拿到 B- 的学生，她的 AP 课程经常只能拿到 C。莉莉为了跟上课程而疲惫不堪，我只能告诉她："是的，就算你付出双倍努力，也可能拿不到其他同学那样的成绩。"她对学校里那些看起来毫不费力就能拿到 A 的女生感到愤愤不平。

尽管如此，努力还是有意义的，我们为某件事付出了漫长而艰辛的努力是有意义的。这意味着我们要把自己的努力和别人的评价区分开来。比如说，你用桦树皮做了一条小船，看起来做工粗糙，甚至有点丑陋，但它是你起早贪黑、独自劳动的成果，是你能做到的最高水平。为了劳动而劳动的欲望才是支撑我们不懈努力的关键所在。然而，富人会在努力与回报之间建立一种交易式的关系，他们期望通过努力可以获得更大的回报。

丢失的作文其实是丢失的机会。学生宁可谎称把作业弄丢了，也不愿显得愚笨或出错——或者只是不愿承认自己不可靠或者懒惰。他们倾向于把责任推到其他事情上，而作文丢了正是个比较顺口的理由。这泄露了他们的困扰与不安以及他们不愿面对的一切。

我在纽约辅导学生的这些年里，孩子们不断丢失的作文都要堆积如山了。它们就像《了不起的盖茨比》中据说乔丹·贝克挪动的那颗高尔夫球。有传言称乔丹作弊，但从未得到证实，就像我见证的（准确来说是没有见过的）那些丢失的作文。尼克·卡拉威和乔丹相处一段时间后，开始了解她的时候，就想起了这桩丑闻。但他没有全盘指责乔丹这种"无可救药的不诚实"，因为他把这当作她应对周围残酷世界的一种自我保护的方式。

　　那些错过的考试、丢失的期末作文和缺席的师生谈话就像乔丹挪动的高尔夫球，让孩子们得以在这个残酷的世界里生存下去。和乔丹的高尔夫比赛一样，孩子们的世界也有着极高风险。如果想要获得参赛机会，他们就需要练习搞小动作，精通于巧妙地把作文放错地方。

▶ 我一直都不明白，为什么富人家的孩子无法规划自己的人生轨迹。为什么他们不能拥有闲暇时间？不能自己选择职业？还要时时刻刻都被人盯着？从理论上说，他们中的许多人明明能够拥有选择自己渴望的道路的自由，但事实恰恰相反——他们处处受限。

▶ 富人所做的许多事情都是交易性的，就连玩乐也不例外。

第 **7** 章

偷得片刻闲

在作文总是消失不见的童年里，有时也有偷来的片刻欢欣与放纵。孩子们真正感到放松的时刻往往来得毫无预兆，可能是在为 AP 考试复习时、参加 ACT 考试时、上壁球私教课时，也可能是在与朋友视频聊天时。这些并非预先安排好的时刻，是偶尔穿透云层的一线亮光。

我教过的孩子并不懂得如何真正享受快乐，他们只知道借酒取乐。高中最后一年接近尾声时，他们在学生信息系统上填报大学申请后，就会陷入一种杰夫·斯皮考利[1]式的懒散，身上的叛逆意味要多于放松。一旦提交了大学申请，完成了上学的首要目的，他们就进入了一个不再费心学业的世界，彻底变得

---

[1] 美国校园喜剧片《开放的美国学府》中的主角，是个沉迷于酒精毒品的花花公子。——译者注

玩世不恭。他们开始上课迟到，不写作业，曾经力争考 B 的学生高兴地把目标降到了 C。他们想传达的信息是：游戏到此结束，精力已经燃烧殆尽，不想再循规蹈矩了。上学只是进入名牌大学的敲门砖，也是社交的机会，除此之外再无他用。

这些即将毕业的学生装出一副漫不经心的样子，模仿他们在 B 级青少年电影中看到的场景。对他们来说，放松就是要穿人字拖，不遵守着装规范，经常晚睡。他们要么是在被迫参与上学这场游戏，要么就是彻底像电视剧的少年那样懒散。

我偶尔才能看到他们处于契克森米哈赖所说的"心流"状态，也就是在做某件事的时候完全投入其中，感受不到时间的流逝。我接触到的许多学生一生大部分时间都处于相反状态，他们被催赶着去做一件又一件事情，常常逃避或假装腹痛来应对这些任务。我常常好奇，他们在壁球场或足球场上是什么模样，因为他们在参与其他活动时可以说是犹犹豫豫、心不在焉、反复无常。他们会去参加体育旅行队，但通常只有在训练取消或者说服父母不用参赛时才会露出笑容。莉莉在一个忙碌的周一兴奋地大喊道："我今天不用去打壁球咯！这样我十一点前就能睡觉了。"

特雷弗比大多数孩子更擅长于摆脱落在他瘦弱肩膀上的任务来保持轻松活泼。他和年纪比较小的孩子在一起时能够完全放松下来。他性格风趣，举止有度，能全面碾压那些调皮捣蛋惹恼大人的孩子。在和一群9到10岁的小男孩一起参加足球训练营时，特雷弗短短一句话就能让他们乖乖去洗手。他说："你们长大后会有喜欢的女生，但女生不喜欢手脏的男生哦。"小男孩们就去水槽前排起了队，一声不吭地冲洗他们脏兮兮的手，心中既有困惑，又有敬畏。特雷弗就像花衣魔笛手[1]，无论他走到哪里，都有一群小孩跟在身后。这些孩子会在足球赛中大喊他的名字，希望长大以后也能像他一样。在家的时候，他会哼着歌在地下室搬弄家具，把衣服弄得脏兮兮的。他会坐在外墙上和维修工人一起吃三明治，笑声一直传到院子里。

莉莉很有时尚眼光，她在墙上贴满了 *ELLE*、《名利场》（*Vanity Fair*）和 *Vogue*[2] 上的各种细节。她整齐地剪下造型奇特的模特图片（想象一下画着精致的雀黄色眼妆、穿着裹身裙和大腿靴的走秀模特）。她平日里必须穿着带格子裙的校服，只有周末才能穿上这些时髦的服装。

莉莉在准备参加"金银舞会"时兴奋不已。这是一场要求来宾穿着半正式礼服的慈善晚宴，会邀请纽约精英私立学校（以及新英格兰寄宿学校）的学生参加。她兴奋并不是因为她的男伴

---

[1] "花衣魔笛手"的故事在欧洲民间广泛流传：他曾经通过吹笛子帮助一个小镇解决鼠患问题，但没有收到承诺的报酬，后来他再次吹响魔笛，镇子里所有孩子都跟在他身后离开了小镇。——译者注

[2] 美国时尚杂志。——编者注

（一个家庭旧友），而是因为她终于有机会向别人展示自己的时尚搭配了——她一年中大部分时间都无法展示这种风格。她身穿一袭高调的银色直筒连衣裙，手拿一个金属质感的钱包，头发梳成蓬松的发髻，最后披上一件天鹅绒披肩，看起来光彩夺目。

虽然这样说有些落伍，但她在某种程度上更适合早先时代，那时女性戴着黑色长筒手套，人们不会期待她们在壁球场和课堂上出类拔萃。然而，除了舞会等极少数场合之外，她无法探索自己的这一面。她妈妈丽萨也加入了这场庆典，和莉莉一起拍起了照。莉莉摆出亲吻妈妈脸颊的姿势，还有她在 *Vogue* 上学到的模特的摆拍姿势。她和妈妈都很兴奋，她们终于能为准备这次盛会而步调一致了。

她问："妈妈，可以让坎贝尔过来拍照吗？"

丽萨说："现在吗？你明天还要上学呢，而且你已经有布莱斯当男伴了。"

"拜托了！几分钟就好，这样我们就能发 Instagram 了，好不好？"

见妈妈还在看手机，莉莉走过来抓住她的手摇了起来，直到她抬起头。"我们要让更多人来参加舞会。只有让大家看到我们的礼服，才会有人过来。而且，要是撞衫那就是灾难了！"

妈妈点头表示同意。丽萨放下手机，看着莉莉和她的朋友坎贝尔还有丽芙秀出了自己的服装、鞋子和妆容，把照片发到 Instagram 和 Snapchat 上，吸引朋友前来参加舞会。看到莉莉拉下肩带扭动身体时，丽萨笑了起来，对女儿眨了眨眼说："你真火辣！"还比画了一个烫手的动作。

舞会结束后，莉莉在墙上贴满了她和朋友们走猫步摆拍的照片，她表现得如鱼得水。她回到了日复一日的壁球课、辅导课和考试当中，这些照片就在墙上盯着她。它们永远凝固在时间里。阳光照进房间，晒得它们慢慢褪色，直到从墙上剥落下来，也没有新的照片可以再贴上去。

苏菲的特长是游泳，当她因为脚受伤打上石膏而无法参加训练时，她很是高兴。我多次碰到过这种情形——孩子们不仅不会因为身体受伤而气恼，反而还很庆幸，因为他们可以因此置身事外几个星期，得到些许休息。在曼哈顿一所要求严格的私立学校，一位学生向我吐露心声："格罗斯伯格博士，请不要告诉任何人，我希望我们篮球队输掉比赛，这样就不用天天训练了。"他把声音压得很低，在听到我会为他保守秘密后，似乎松了一口气。随着球队在季后赛中不断获胜，一路晋级，他变得越来越疲惫，整日郁郁寡欢。他们每周要训练六天，只有周日可以休息，而且教练经常让球员练习跑步，一直跑到呕吐为止。学生田径队的成员每天也都在跑步，不论日晒雨淋还是冒雪，而且他们往往都只穿短裤。我想知道飓风来袭会不会让他们停止训练。

苏菲肩宽手长，是个游泳的好手，但她最想做的事情却是逃离泳池几个星期。有一天，她妈妈用玩笑的口吻提醒苏菲注意体重。她捏着苏菲纤细的腰身，让她把手里的薯片放下。我看不出来苏菲的体重有一丝增加，但我看得出来她休息得更好、心情更好了。孩子们祈祷着受伤，因为这样就可以得到休息——用受伤换来休息（a break for a break），这是我从未想过的事情。

　　有时候必须强迫孩子们去体验乐趣。他们沐浴在电子屏幕的光芒之中，很少接触更单纯的乐趣。我曾经和几位老师带着一群私立学校的高一学生到阿巴拉契亚的树林里，许多孩子表现得惊慌失措。虽然我们是在地板洁净、门窗严实并配有抽水马桶的小木屋里露营，但孩子们还是睡不着觉。许多人从未真正离开过城市，至少没有走进过树林，耳边叽叽喳喳的鸟叫声让他们神经紧张。当天空下起倾盆大雨，一阵初秋的雷声滚滚而来时，孩子们马上吐成一片。有一个女孩好像病得很重，于是去了护士的房间（和我们的房间相比算得上豪华），而其他女孩似乎只是得了"思家病"。我在蹒跚学步的时候就在一个破帆布帐篷里露过营，旁边有熊在翻我们的垃圾，但这些孩子从未在晚上如此接近过大自然。在这三天时间里，他们必须忍受雷雨天气，挨过一阵阵想家的哭泣（别忘了他们已经 14 岁了），还要收拾自己的桌子。

在空闲的时候，他们可以投篮或划艇，看起来就像普通孩子一样快乐、活力满满，直到其中一个孩子在即兴篮球比赛中把手腕弄骨折了——他的骨头由于长时间练习单项运动已经变得纤薄脆弱。我们周五下午回到纽约市时，孩子们如释重负地松了口气。家长们正在 SUV 里等着，准备接他们去汉普顿，很明显他们在汉普顿不会与大自然进行如此亲密的互动。

我一直都不明白，为什么富人家的孩子（至少其中一部分）无法规划自己的人生轨迹。为什么他们不能拥有闲暇时间？不能自己选择职业？还要时时刻刻都被人盯着？从理论上说，他们中的许多人明明能够拥有选择自己渴望的道路的自由（和金钱），但事实恰恰相反——他们处处受限。这些孩子生活中的每一刻都是在进行交易，要么是用来换取赚钱的职业，要么是用来换取能嫁给有钱人的赚钱职业。特雷弗参加 SAT 预考时，必须选择大学的专业。他浏览了一遍职业列表，想找房地产行业相关的专业。我笑了，以为他是在开玩笑。后来我才知道，他的父母希望他以后进入房地产行业——不是像他从前开玩笑所说的那样成为一个平凡的代理人，而是成为商业地产大亨。他对大学的看法完全是交易性的，这让我没有办法理解。

富人所做的许多事情都是交易性的，就连玩乐也不例外。

盖茨比本人就把娱乐视为达成目的的手段：他的房子是为了吸引人们参加派对，他的派对是为了吸引黛西，甚至他的衬衫也是为了讨她欢心。他所有的交易都是为了赢得爱情。在他房子的一端，可以看到海湾对面黛西家码头上的绿灯。他的派对是为了找到类似爱情的东西，正如他想象中与黛西的爱情。

前 1% 的富人所追寻的东西有时并不明确。显然，他们从小就为自己制订了计划表，就像盖茨比在一本小说的扉页写下的那样。那时的盖茨比还是詹姆斯·盖茨比，他制订了一个自我提升的计划表，其中包括每天练习 15 分钟杠铃、测量体重、花一小时研究电学、花两小时研究"有用的发明"。他只为棒球和其他运动分配了半个小时，似乎是为了控制娱乐的时间。读者们不禁想知道盖茨比在这些自我提升的练习中坚持得怎么样，因为他后来是通过和黑帮打交道起家的。盖茨比的致富之路更多是依靠非法勾当，而不是凭借努力工作和自我提升，但他是在美国的宗教氛围中成长起来的，这种氛围要求他严格守时，坚持在逆境中不断提升自己。

特雷弗的家庭和其他类似的家庭也都崇尚这两条原则，尽管二者之间存在直接矛盾。特雷弗和年轻敏感的詹姆斯·盖茨比一样，日程安排得很紧，还要通过严苛的课业、锻炼、体育比赛和课外辅导来不断提升自我。他的父母也知道，有时需要通过捐款来打点他的未来。这虽然并非贿赂，却在许多方面与自我提升的精神背道而驰。尽管如此，他们仍然有着"双重信仰"，遵守着这两个"礼拜场所"的规则。

在我辅导的孩子中，来自富裕世家的沃伦似乎最懂得安排自己的闲暇时间。他每周能有好几天时间玩乐器、听音乐，他学习外语只是因为觉得有趣。我经常看到他的父母翻阅《纽约客》，他们还会问他关于写作的事情。他很少面露倦色，看起来也没有太大压力。我来上辅导课时，他常常轻声哼着歌为我开门。我很喜欢在他家度过的一个小时。他会主动给我泡茶，而且对自己要写的内容有丰富的想法。在上课过程中，他制定了一些帮助他激发写作天赋的策略。他懂得关注细节，用词简短有趣，善于分析解读文本，写作风格清晰明了，而且语言优美。最重要的是，这一切对他来说并非折磨。他热爱阅读、写作和思考，还会花时间去做这些事情。

沃伦的祖辈在内战时期就已经声名显赫，他是最接近《了不起的盖茨比》中布坎南家族的人物。但不同于黛西和汤姆·布坎南，他们一家都很和善。他家墙上挂着一些祖传的画作，比如一些"蓝袜知识女性"[1]的画像。我自己不属于这个阶

---

[1] 对18世纪中叶伦敦的一些上游阶层的知识女性的称呼，含有讽刺性意味。——编者注

级，我和我辅导的大多数学生一样，来自盖茨比所属的奋斗阶级，我们是新美国梦的创造者。我的族人是在世纪之交定居俄罗斯和波兰的犹太移民，后来他们来到马萨诸塞州牙买加平原的鞋厂工作，来到纽约布朗克斯区缝浴帘，来到曼哈顿下东区，在禁酒时期用浴缸酿酒。

一个人是不是必须拥有沃伦那样的家庭背景，才能像他一样觉得世界可爱呢？他的父母并不痴迷于金钱，他继承了这一点。他每年圣诞节都用花环装饰在苏豪区的砖砌楼房，到了春天又摆上花箱。每次我经过他家，似乎都能看到一种希望，就像黛西家码头上的灯光为盖茨比带来的那种希望，那是一种轻松、舒适的感觉。

不同于布坎南夫妇，盖茨比并不真正懂得如何享乐。布坎南夫妇的快乐常常以灾难告终，但他们依然热衷于打马球、高尔夫和开车兜风。然而，对于盖茨比来说，每一刻都是经过深思熟虑的，每个派对都有一个终极目标，并不能不计后果、无所顾虑。也许美国对资本主义的信仰是禁止这种享乐主义的。总而言之，享乐主义对我辅导的大多数孩子而言都无比遥远。

他们也习惯了把时间分配到特定目标上。当可以自己做主的时候，他们常常不知道该如何利用空闲时间，只会沉溺于酒精或电子游戏中。有些追求看似是享乐主义，但事实并非如此。我辅导的一名学生在 16 岁时就成了一名职业赛车手。他经常从纽约前往全国各地参加比赛。他需要每天在模拟器上训练，研究如何转弯，在教练的指导下训练，盘算下一场比赛。他甚至还没有考到驾照，就已经成了职业运动员。他唯一可以合法驾驶的地方是在赛道上。

5 月的一天，阳光明媚。为了腾出教室给高三和高四学生进行 AP 考试，学校允许一些老师带领特雷弗的班级去康尼岛（Coney Island）。这些学生从来没去过那里。他们紧张地走进地铁站，目的地是位于布鲁克林深处的终点站，大多数人还没有坐地铁到过这么远的地方。一路上，地铁有时会驶出地面，他们看到了大部分同学从未去过的同属纽约市的部分地区。他们一路上都在用塑料吸管互相发射纸团。

站在肮脏破落的木栈道上，他们尽情放松自我，放眼望向大海。一名学生看着栈道旁摇摇欲坠的木板房大声问道："那是卖淫的房子吗？"我想知道他是否听过"妓院"这个词。这种可能性显然让他兴致高涨，比在课堂上显得更加活跃了。孩子们第一次在纳森热狗店吃饭，在飞扬的沙粒中享受薯条。他们试着赶走海鸥，不让它们冲下来捡走掉落在地上的薯条，但根本没用。他们被晒得很严重，在坐地铁回家时还差点迷路。一回到上东区和上西区，他们就要赶去练壁球、跑步和练棒球了。这是从他们的日常时光中偷来的一天，第二天他们就要回学校。

► 大学录取过程就像旷日持久的"超级碗"比赛，不是赢就是
  输，没有中间地带。

► 享受奢华生活的时刻无法写进精彩的大学申请书。没有招生委
  员会愿意听家长花钱送孩子去哥斯达黎加进行公共服务的旅
  程，听学生在豪华度假胜地的夏日嬉戏，听学生在运动场上的
  成就。这篇文章的好素材应该是某个自我反思、遭遇羞辱或真
  正进入未知世界的偶然时刻。

第 **8** 章

升学新方略

现今世界上大多数人都听过有关大学入学的丑闻——有富人因雇用他人替孩子参加考试、贿赂大学体育教练以及伪造孩子的体育成绩而锒铛入狱。这些闹剧属于极端情况，却暴露出许多在孩子申请大学时罔顾一切的特权阶层的家长，还暴露出许多在此过程中为家长们提供帮助的咨询机构。毕竟，大学录取过程就像旷日持久的"超级碗"[1]比赛，不是赢就是输，没有中间地带。还记得美国橄榄球比赛中的"放气门"丑闻吗？据说爱国者队为了赢得优势，把对手的球放了气（波士顿至今仍在热议此事）。而在让孩子上大学这件事上，我们也可以说，公园大道的父母愿意让孩子尝试"给球放气"。此间有着无尽的默

---

[1] 是 NFL（美国职业橄榄球大联盟）的年度冠军赛，胜者被称为"世界冠军"。NFL 是 NFC（国家橄榄球联合会）与 AFC（美国橄榄球联合会）合并后的名称。——编者注

许策略。结果（孩子上哪所大学）是对整个赛季（孩子整个成长过程）的投票表决。很少有球迷会说："好吧，至少我们打进了 AFC 的冠军赛。"同样，很少有公园大道的家长会说："谢天谢地，我们考上了凯尼恩学院 [1]。"

在所谓的大学招生游戏中，赢家大多会进入常春藤盟校或斯坦福大学。另外还有几所说得过去的大学："书呆子"的天堂芝加哥大学、威廉姆斯学院和阿默斯特学院。那些无法进入常春藤但想挽回面子的人会选择英国牛津。不知名大学、实验性大学和"不如米德尔伯里学院的学校"（米德尔伯里学院是佛蒙特州一所享有盛誉的文理学院）则完全不在考虑范围内。在家长看来，困难在于像耶鲁这样的名校在每所私立学校只招少数几名学生，而且希望班级成员在地理分布上尽量多样化。所以学生最好还是从公立学校，或者像密西西比州那样不会出现很多藤校申请者的州申请。

因此，在开始分析通往"超级碗"的整个漫长赛季之前，让我们首先来明确游戏规则。对父母而言，孩子都是汤姆·布拉迪 [2]。孩子的一生注定不凡，只要他们能加入合适的球队。如果孩子没能上耶鲁，那一定是因为球队不适合他。"超级碗"的

---

[1] 凯尼恩学院（Kenyon College），一所私立学校，是美国顶级文理学院之一。——译者注

[2] 汤姆·布拉迪（Tom Brady），美国职业美式橄榄球运动员，曾经七次获得"超级碗"冠军，五次获得"超级碗"MVP（最有价值球员）。——译者注

比喻确实很贴切。家长们为孩子组建队伍的行动很早就开始了。有些家长从孩子八年级以后就开始了。以苏菲为例，她的辅助团队在我见到她很久之前就已经集结完毕。

苏菲妈妈在孩子上高一时告诉我："她在接受韦斯特切斯特一个团队的辅助。他们想对你进行审查，确保你是合适的人选。"

这意味着我必须与苏菲的大学顾问团队谈话，解释我和苏菲的上课情况。更具体地说，我必须和一个叫诺埃勒（Noëlle）的人聊聊，而这个人似乎对学习障碍一无所知。在给她发邮件约定聊天时间时，我不得不耐着性子在她名字中的"e"上加两个点。我知道如果不加这两点，她就会生气。她在自视甚高的自我介绍中特意提到了这个变音符。

诺埃勒向我解释道："我们正在努力帮苏菲找到平衡，让她最大限度发挥潜力并且取得成功。"诺埃勒的老板是大学咨询机构的负责人，写过一本关于大学录取攻略的书，还在常春藤联盟招生办公室工作过一段时间，她忙得团团转，根本没空聊天。我想知道她究竟在忙什么。难道是在试图说服希拉里·克林顿为学生写耶鲁大学推荐信吗？

她说："我们尝试帮助苏菲真正达到标准。当然，我们也希望她快乐。"然后继续说道，"她是个活泼快乐的孩子。"

我不确定她口中的那个人是谁。我认识的苏菲，那个收集利摩日空盒的女孩，并不能在露营时享受快乐。她是个可塑性很强的孩子，而且在这场"游戏"中表现出色，但她并不快乐。

入店行窃事件发生后，她的父母给她买了一对钻石耳环，款式和她想偷的那对耳环差不多。他们似乎认为她是在寻找完美的耳环。

我茫然地低声说道："我也希望苏菲开心。"我恨自己想不出更好的回应。

我以为自己一定通不过这家大学咨询机构的审查，还想着要不要在自己名字上也加两个点（是 Blȳthe 还是 Blythë 呢？）。出人意料的是，苏菲妈妈告诉我顾问们很喜欢我。她解释道："我的意思是他们很满意。他们觉得你特别适合她。"我怀疑他们对我的肯定跟我的哈佛学位有很大关系，不过我还是有点高兴。大多数 20 世纪 70 年代出生的人都很少听到这样的认可。

咨询机构认为苏菲应该报名参加暑期班。苏菲的问题是她没有真正感兴趣的课程。他们研究了哥伦比亚大学的课程表，找了一些理工科课程和晦涩的历史课，还有一门戏剧写作课，让她看起来能够面面兼顾。当然，她必须接受这些课程上的辅导，这就是为什么我会在一个漫长炎热的夏天辅导她学习俄国历史。她上辅导课时，大部分时间都在看着自己分叉的发梢，然后往脑海中塞满应付结课考试的知识。她擅长临时抱佛脚，可以把中世纪俄国领导人的名单完整地记下来，我问她问题她也都能答对。她的成绩单上赫然印着哥伦比亚大学给出的 A。但她在高分通过结课考试后，又会把这些知识忘得一干二净。

苏菲的父母一直投身于这个"游戏"，他们已经成了专家。

本的父母则加入得太晚。我坚持认为本需要得到更多关注，或许还要做个测评来确定他有没有隐藏的学习问题。我试着联系他的母亲，给她打电话，她说她在吃晚餐，然后就再也没有回电。我在报纸上、社交活动中都能见到她的身影，但她不回电话也不付补课费。一直到盛夏时节，那张用于几周辅导费的600美元发票也没人支付，同时我却看到了她家人在长岛参加高尔夫球锦标赛的新闻。

本的母亲很少干涉儿子的学业，但在本进入高中最后一年后，她开始把儿子的教育当作另一场锦标赛来看待，对他的大学录取程序紧张起来了。她突然变得格外上心，向学校招生顾问和老师提出各种要求。问题在于，本此前一直都在学习上苦苦挣扎。学校行政人员会委婉地形容她是个"虎妈"，而本的老师则直截了当地说这位母亲执意让学校支持本申请像普林斯顿这样的大学，但他的成绩根本达不到录取要求。由于他家打官司损失了一大笔钱，所以无法通过巨额捐款来为儿子铺平道路。本最终进入了南方的一所大型大学，那里几乎不会有人关注他。后来，他母亲又把注意力转移到了高尔夫球赛上。

大多数孩子遇到的问题并非竞技诚信，因为他们从小就开始练习，甚至不是学习成绩，因为他们每一步都有人辅导，而是像 ACT 或 SAT 这样的标准化考试。我不觉得这些考试很有用，而且事实证明，它们预测的更多是学生的成绩，而不是上大学后学业成功的概率。毕竟这些考试只需要学生坐进考场就能完成，而大学成绩是要衡量学生一段时间内的综合表现。在大学里，一个不知道梯形面积公式所以坚持向教授请教并参加课外研讨会的学生，会比 SAT 数学得满分但从不起床上课的学生表现更好。

研究人员证实了我的想法。曾就职于印第安纳大学凯利商学院的赫尔曼·阿吉尼斯（Herman Aguinis）和同事研究了数十万来自不同种族背景的学生的案例，发现 SAT 并不能准确预测大学成绩。对于某些学生，SAT 高估了他们的表现；而对于另一些学生，SAT 则低估了他们的表现。这项针对超过 47.5 万名学生的调查结果表明，对不同的大学、学院或学生而言，这些测试并非可靠的衡量标准。

阿吉尼斯的研究从数学角度彻底戳穿了标准化考试可靠性的神话，而我很久以前就不再相信这些考试了。我曾辅导过一些在 SAT 或 ACT 中取得满分或接近满分的孩子，他们最终却没能从大学毕业。有一个非常可爱的学生，毫不费力就在 SAT 数学考试中考取了高分。我很羡慕他解答数学问题的速度，那是我永远模仿不来的。他凭直觉就能理解这些题目，而我则要吃力地运用高二学的代数公式。在他大学休学期间，我和他一起研究了他的执行能力，即计划、组织和管理时间的能力以及其他技能，他承认数学天赋没有给他带来什么好处。他爽快地承认道："我主要用它在网上赌博了。"他最终决定花些时间先在社区大学提高学习能力，然后再决定下一步要做什么。

那种因为喜欢读书、用功学习而在 SAT 中取得好成绩的学生确实存在，我就是这种人。但我们始终只能把 SAT 或 ACT 成绩视为申请大学的一部分，而非全部。成绩平平的学生会花大量时间和金钱来准备这些考试，这是一种奇怪的现象。那些在标准化考试中得分高但平时成绩差的申请者会被打上巨大的 U 字标记或类似标记，代表动力不足（undermotivated）。让我惊讶的是，成绩平平但很聪明的学生的家长会投入一大笔钱来提高孩子的 SAT 分数，但明明高分是学生提交给大学的最没用的东西。也许父母的逻辑是："这至少能让大学知道他有多聪明吧！"然而，大学一般都不想招收在成绩以外表现欠佳的学生。家长把这些钱拿来送孩子上音乐课或参加其他课外活动会更好。

SAT 和 ACT 成绩本身几乎毫无价值，却是公园大道上大多数孩子梦想的学府的入学门槛。尽管许多大学已经不再把这些分数视为必要条件，但常春藤盟校等学校仍然要求学生提供这些分数，这主要是为了筛掉一部分人。符合这些学校申请条件的申请者的数量远远超出录取名额，所以标准化考试成了筛选众多申请者的一种方式。我的许多学生都受益于顶级的教学，但他们不爱阅读。他们根本不会自主阅读，在 SAT 中遇到高难度的阅读材料时，他们就会"搁浅"。尽管在课堂上做了许多填鸭式阅读，但他们并不真正懂得如何解析那些充满习语、容易被误读和有多位叙述者的高难度文本。他们会被考试中的问题难倒，而这部分很难进行辅导。学生可以轻易提高数学成绩，但如果他们不喜欢阅读，没有经常利用个人时间坐下来读书，通常无法拿到这部分的分数。如果他们不阅读，就算社会经济地位再高也没有太大意义。

我在哈佛攻读本科时遇到过一些同学，他们认识各种只能在书中见到的生僻词，比如说"自学者"（autodidact）。要是听到这些词从某位教授口中说出来，他们简直会喜极而泣。直到大二，他们还会经常读错这些词，因为他们只在书面上见过，从没听过有人这样说。在这些人身上，阅读的烙印深过了社会经济地位。而第五大道的孩子们的情况恰恰相反。

我为很多孩子辅导过这些考试，我把这个过程比作在一个满是破罐、杂草和毒藤的大花园里锄草。我的任务是清理花园，培育一排排茂盛整齐的植物。很多孩子在面对关于 19 世纪文学或日本文学的段落时，没有办法掌握那些习语或表达方式。滥用小词反映了他们不爱阅读，只会使用英语口语。他们的语感来自 YouTube（优兔）这样的视频网站。当我提到他们最爱的网红不会说标准英语时，他们就要和我争辩一番。

在检查苏菲的 ACT 作文时，我告诉她："'依据（base off of）电影'的用法是不正确的，正确的用法是'根据（base on）电影'。"

"'依据电影'好像完全没问题。"她叹了口气，把刘海吹了起来。

"它只适用于口语，而不是书面英语。这是有区别的。"

"管它呢。为什么 ACT 这么正经呢?"她问道，把铅笔扔在一边。我看得出她的动作里透露出一种挫败感，而不是粗鲁。

后来，当我让她分析"年久泛黄的奶奶从盒子里拿出裙子"这句话时，她漫不经心地回答说:"有什么问题呢? 我的奶奶就是年久泛黄了。"我知道她其实已经发现修饰语放错了位置，而且她知道这句话有语病。苏菲学得很快，我们在 ACT 备考过程中学习语法、写作和习语对她来说不过是一场游戏。她只是在遵守语法规则，比方说，当你看到一个修饰语，要确保后面紧跟着它所描述的内容。没有必要进一步跟她解释修饰语错位的情况，这对她来说，只不过是另一种记忆练习，她并不感兴趣，就像我为我的成人礼背下《摩西五经》中的几段内容。ACT 辅导对她来说就是一场必经的仪式，她高中最后一学期即将举行的毕业舞会亦是如此。她会像经历其他事一样经历这一切:说说俏皮话，但最后总能过得去。她甚至提前完成了因入店行窃而被判处的社区服务时间。她总会准时出现，捡好垃圾，然后继续前进。似乎没有什么能引起她内心的触动或是让她烦恼的。

苏菲参加了三次 ACT，还上了数不清的辅导课。她的父母为她报名了曼哈顿考试中心的模拟考试。在真正走上考场之前，她有机会坐下来参加几次模拟考试，环境会尽可能还原真正的考试现场——这是一个全国很少有孩子能享受到的优势。

ACT 的分数范围是从 1 分到 36 分，竞争比较激烈的学校要求学生的分数超过 30 分。她差不多能达到 30 分了，再加上她在哥伦比亚上的课程以及她母亲托关系让她在麦迪逊大道上的艺术画廊完成的实习，她将拥有绝对优势。她有能力赢得这场游戏，而且一直在不懈努力。她掌握了我教给她的英语技巧以及一位聪明的哥伦比亚毕业生教她的数学技巧，最终拿到了 31 分的综合分。有了这个分数，再加上她向老师施压拿到的全 A 成绩，她足以进入东海岸著名的七姐妹女子学院之一，我认为她会在那里茁壮成长。苏菲很像电影《独领风骚》中的雪儿。她事实上并不明白自己真正在做什么，但她会坚持去做，直到老师让步，为了不被投诉而给她高分。她已经准备好迎接精彩的人生。

她还需要想出通用申请书怎么写。每个学生都要写一篇 650 词以内的文章，多数大学会把它视为申请材料的一部分（有些大学还会在个人申请材料里要求附加一篇小短文）。这就像一张空白的画布，是向大学校方展示自我的机会，能向他们展现其他申请材料中没有明显体现的情况。孩子们写惯了《杀死一只知更鸟》中的斯科特或《了不起的盖茨比》中的黛西，但他们不习惯写自己。这是一项艰巨的任务，必须使用最简洁的语言。简洁对他们来说更多是一种障碍，而不是便利。

　　通用申请书是一篇开放式的个人陈述。对父母而言，问题在于像爱摆架子的诺埃勒这样的专家无法替孩子写这篇文章。专家们当然会写，但招生委员会能够敏锐觉察别人代写的作文，就像丽萨为莉莉写的那篇关于《罗密欧与朱丽叶》的文章会轻易被老师识破。这篇文章必须来自真情实感，听上去要是孩子的口吻，还要与已经提交的其他材料相呼应，否则将格格不入。文章的观点必须来自孩子，主题却不能是其余申请材料中明显已经反映或强调过的东西。莉莉一生中每天早上和下午都在打壁球，但她不能在文章中写这些事。相反，文章必须反映招生委员会还不知道的某个世界、某个时刻或某种顿悟。难就难在这些孩子没怎么体验过顿悟时刻，因为他们的每一分钟都是被安排好的。我的童年在马萨诸塞州的小镇度过，顿悟时有发生，比如我在枫树环绕的田野里帮邻居放羊时（显然我不知道如何防止它们交配），或者是在墓园里漫步看到那些150年前的坟墓前立着的简单的铁制十字架时。这些孩子没有时间闲逛，他们从未有过不经意间受到启发的时刻。

　　享受奢华生活的时刻无法写进精彩的大学申请书。没有招生委员会愿意听家长花钱送孩子去哥斯达黎加进行公共服务的旅程，听学生在豪华度假胜地的夏日嬉戏，听学生在运动场上的成就。这些都说明不了什么。这篇文章的好素材应该是某个自我反思、遭遇羞辱或真正进入未知世界的偶然时刻。来自前1%的富裕家庭的大学申请者经常误把跨越地理界限当作跨越心理界限。有时这两种情况可以同步去体验，因为旅行可以开拓思维。然而对于这些孩子而言一般都不会，因为豪华旅行会阻碍旅行者深入地去体验，即便有，也很难用文字记录这种经历并真正进行反思。

我和一位名叫诺亚的高四学生坐在他的新款苹果超薄笔记本电脑前，来回阅读通用申请书的命题要求。诺亚想不出有什么可写的。我试着去引导他，帮他慢慢思考那些让他产生重要认识的时刻。我们拿出他儿时的相册仔细研究，寻找有助于塑造他个性的人物、事件以及其他任何元素。练习结束时，我们淹没在棒球比赛、家庭聚餐、学校音乐会和外出度假的照片中，却仍旧没找到任何灵感。

我不能直接给他出主意。我可以作为旁观者，告诉他我认为可能会让他显得与众不同的地方——他的母亲是日本人，而父亲是法国人，但我还是无法告诉他为什么这一点很有趣。如果他在文章中按我的提示来写，听起来就会显得不真实，这就是通用申请书的"致命之吻"[1]。他想了一天又一天，最后决定写

---

[1] 指一定会导致失败的事物。——编者注

他的母亲是日本人，而父亲是法国人。这篇文章并不出彩，只能算是差强人意。

我读过的最佳大学申请书之一来自一个叫哈利勒的学生，他的父亲从事与中东石油进口相关的工作。这位学生轮换戴过一系列劳力士手表，有些是复古款，有些是新款，价格都极其昂贵。他表面看起来是那种傲慢、难相处、自以为是的孩子，但实际上却谦逊、可爱又善良。在某种程度上，他的学习问题让他自惭形秽。

他家族中有许多成就非凡的人，而他却学得很吃力。他在申请书中谈到了在研究索引卡片时和老师之间的一次摩擦（实际上是身体上的摩擦），让他意识到自己需要帮助。他很感激老师的指导，这种谦逊体现在了文章中。他无惧于写下自己如何屡受挫败、有何学习收获以及自己需要源源不断的支持。这似乎是一篇违反常规的文章——不是那种典型的通过承认小错误来揭示自己更大的力量的文章。这篇文章提到他在不断挣扎，有时缺乏自信，需要与老师和教授建立联系才能获得自信并做得更好。这正是招生官喜欢的文章，因为它真实而且有感染力。他写这篇文章不是为了取悦或打动他人。哈利勒知道自己还是个学生，他的成熟让招生委员会印象深刻。

传统观念认为写大学申请书有什么制胜法宝，其实不然。没有什么神奇的话题，也不用给读者留下深刻的启发。它不是

"电梯游说"[1]，而更像是一次十分钟的谈话——就像是电梯在楼层之间停了几分钟时人们的对话。你或许会感到害怕，或许想告诉一同被困的人关于自己的事情。你可能会讲一个故事，用来解释你为什么希望电梯不会从十层掉到底层。人们会因此而了解你。这篇文章是一段坦露脆弱面的长篇对话，记住了这一点，你就会明白，为什么我辅导的一个壁球运动员决定写一篇关于朋友遇到困难的故事。他没有选择写壁球，因为招生委员会已经知道他会打壁球。相反，他写了一篇发自肺腑的文章，讲述了他的朋友如何在学校的野营旅行中坦陈了自己的痛苦以及其他学生是如何支持这位朋友的。这篇文章没有华丽的辞藻，只有微妙的情感，每一个字都经过精心打磨，散发着水下石滩的幽幽光泽。这篇文章打动了招生委员会，他因而被一所藤校和一所入学竞争激烈的文理学院同时录取。

沃伦的爸爸是陶艺家，妈妈是银行家，家中几代都是哈佛校友，他也写了一篇很漂亮的文章，初稿就很不错。沃伦是为数不多的看起来真正快乐的孩子之一，或许是因为他享受着精神生活，遨游在音乐世界之中。他读过很多书，最开始是从神话看起，他手中的书本会在想象中起舞。他能理解书内在的脉络，记忆中的内容能让他与新的阅读产生共鸣。他还可以记住

---

[1] 指用极具吸引力的方式简明扼要地阐述自己的观点，比如在 30 秒的时间内向一位关系到公司前途的大客户推广产品并取得成功。——编者注

新读的内容，让它们和脑海中成千上万的其他读物融会贯通。起初，他的标点符号和语法用得有问题。而在与他一起打磨写作两年后，我可以自信地告诉他父母，他已经不再需要我。他请我检查他的大学申请书，只改了几稿就几近完美。他写的是阅读反乌托邦故事对他的意义，作为一个奋斗者家族中最小的孩子，这些故事为他提供了一种逃避现实的途径。

放在几十年前，沃伦能够轻松进入哈佛。他才智出众，文笔优美，高三时成了尖子生。困难在于他高一和高二的时候还在努力提高写作水平和学习能力，部分科目成绩偏低，而进入哈佛这样的大学需要超乎寻常的稳定表现。有些学校喜欢看到学生档案中的成绩起伏，认为这代表着一条走向成熟的轨迹，不过哈佛并非这样的学校。尽管他的家族成员从 1900 年开始就读哈佛，尽管他们曾经慷慨捐赠数百万，尽管他有真才实学，尽管他的 SAT 分数非常高，尽管他的申请书中透露出了真正的思考，但这一切也并不足以保证他被哈佛录取。

大学咨询公司想把申请者包装一番，试图向他们传授一些标新立异、矫揉造作的技巧来撰写大学申请书。例如，他们建议写你为什么像你最喜欢的指甲油的颜色。然而这种比喻不能揭示更深刻的意义。申请人必须保持文章的真实性，即便是只有一点点成年人的干预也会使文章看起来不真实。这就是为什么在与孩子围绕写作内容展开头脑风暴之后，我会退到一边，让他们自行发挥。我唯一要做的就是偶尔插几句话，向他们提出组织内容的不同思路。如果把文章比作一尊雕塑，那么大理石料掌握在他们手中，我只是帮助他们把它修成合适的尺寸。我认识一名学生，他提交的申请书中讲述了他在英语课上永远拿 C 的时候，阅读各种书籍对他的意义。在写文章时，学生必须发出自己的声音——他们的父母也不能再操控局势。我辅导的另一名学生甚至写过他对抗肠易激综合征的故事，还把自己比作一位武士。我本以为这样写是不明智的，而实际上却很巧妙，完全引起了招生委员会的注意。他被中西部一所顶尖州立大学录取了。

我认为辅导 ACT 或 SAT 的最佳方式是让孩子们学习更多知识。固然有一些备考技巧，但我觉得孩子们浪费这么多时间备考，还不如花时间去掌握一些他们从未学过的数学知识。

有些公司为这种类型的辅导收取每小时 800 美元的费用。这个价格是由他们自己抬高的，辅导过程也是如此。这些公司往往只聘请藤校等名校校友并在 SAT 或 ACT 考试中获得满分的人当辅导老师。这些辅导老师中有许多人都致力于成为音乐家、作家和演员，但他们发现自己可以通过为孩子辅导这些考试过上优渥的生活。当然，收取高价辅导费意味着辅导老师必须证明自己，他们必须教出成果。

许多辅导老师人很好，却并非心理专家。他们未必能意识到自己是如何把学生逼得慢慢抓狂的。他们在学术上也颇有天赋，只是未必喜欢教书，而且往往也无法理解学习方式与他们不同的孩子。据我所知，他们的方法是让孩子们不停背诵记忆，布置许多家庭作业，让孩子们每周末都做全套模拟考试，这种方式和操练军士没什么两样。

　　莉莉妈妈向我解释说，她的女儿将接受一家公司的辅导，这家公司堪称辅导界的爱马仕。他们提供的服务可能与其他人提供的无异，只是市场营销做得更好，价格自然就更贵。家长愿意为 SAT 或 ACT 辅导支付此类费用，他们相信自己在为孩子购买金钱所能买到的最好的东西。在某些时候，这一点是否成立有待商榷——这些高价公司的辅导老师能教出成果，往往是因为他们毫不留情。据我所知（我相信他们会有不同的说法），他们出成果的主要原因在于让学生进行大量模拟考试，这样学生在真正参加 SAT 或 ACT 时就能够驾轻就熟。学生们事先看过每一种类型的题目，所以知道如何答题。当然，辅导老师在帮助学生找到问题并把它们归类解决方面发挥着作用。我认识类似这种类型的辅导老师，报价是这些高价老师的四分之一。

　　另一个问题是，高价的 SAT 或 ACT 辅导老师并不会结合实际情况来施教。他们不在乎孩子们同时还要应付高难度的高三作业（不过有些人也提供学科作业辅导）。有些东西只能被牺牲掉。孩子们没有足够的时间兼顾学业、无穷无尽的 SAT 或 ACT

辅导以及运动和其他课外活动。这就是我认为整件事情最自相矛盾的地方。有些学生可以面面兼顾，但对许多人来说，SAT作业实在太多了。

莉莉就是这样的孩子。她有几个小时的时间来做功课，并且全天候接受辅导。其余时间她都在为壁球训练和比赛来回奔走，周末还要去外地参加壁球锦标赛。她就像苏斯博士（Dr. Seuss）笔下"戴帽子的猫"，下楼梯时都要处理十几件事，再多一件就能把她推向崩溃的边缘。当她完成每天的家庭作业之后还要面对 SAT 家庭作业时，就会痛哭流涕。

关于 SAT 或 ACT 的真相是，你可能做得不错，但还是会做错很多题。我曾辅导过各项能力比较均衡的学生，他们认为 ACT 数学部分只要考到 27 分就已经很好了，这意味着他们可以在 60 道数学题中答错 15 道。但如果你是第五大道上的孩子，你的父母可能希望你获得接近满分——这对大多数人来说都是不可能的。

我考上了哈佛，但数学离满分还差得远。我的批判性阅读分数很高，因为我完全没有压力。我还记得 20 世纪 80 年代末的一个秋日清晨，那是一个美好的周二，我觉得自己很幸运，在 SAT 预考中遇到的所有词汇都是我以前听过的词。我是那种喜欢读简·奥斯汀的无趣的笨孩子，每遇到一个不认识的词都会问妈妈。在没有任何辅导或准备的情况下，我的批判性阅读部分得了满分，我的指导老师对我很满意。当我把分数告诉父母时，他们没有太大反应。他们早就知道我能考好，他们更关心的是我的身心健康。我在一个5月的周六去马萨诸塞州格罗顿的劳伦斯学院（Lawrence Academy）参加SAT，那是一个完美的夏日清晨，大家都很关心当天晚上的派对地点。开车离开劳伦斯学院时，我很高兴这场一生一次的仪式终于结束了。那是我们对此唯一的想法。在我就读的公立高中，最重要的是你在离开SAT考场时戴着合适的太阳镜，而不是分数有多高。

莉莉的人生有着不同的方向。她在高二之前就早早开始为ACT做准备，所以她在参加考试之前有两年的准备时间。她妈妈用六个月的时间去争取，让女儿获得了ACT的加时优待。问题在于莉莉没有确诊存在学习问题，而是患有焦虑症。

有文件证明，存在学习障碍的学生除了获得50%的加时，还能在本校参加ACT或SAT以及分多天考试和用电脑写作文。这些考试，尤其是ACT，通常会公平地将这些优待提供给真正有需要的孩子，这意味着学生必须提供来自神经心理学家的测评，证明他们学习迟缓或者有注意力问题等其他问题。如果认为所有享受优待的孩子都是在利用这个政策，那就误解了学习障碍的本质。有的人处理信息的速度较慢，给他们额外的时间是为了创造公平的竞争环境。

包括特雷弗爸爸在内的怀疑论者告诉我："人生没有加时。"然而，生活中的大多数情况都不像SAT或ACT考试，它们并不会限定时间。无论在什么情况下，时间限制都是人为设定的，真正的数学家或小说家通常都不会设定时间限制。这些考试本身就存在缺陷，限时考试可以反映真才实学的想法也有缺陷，对某些学生来说，获得优待是必要的。

通常而言，如果学生确诊存在学习问题并有充分的证明材料，就能享受这些优待。然而，莉莉做事缓慢是紧张焦虑所致，她也没有得到明确的诊断。ACT考试中心不愿对这样的学生予以优待，当莉莉第一次要求加时和分多天考试时，他们拒绝了莉莉的申请。莉莉妈妈再次提交申请，也遭到ACT拒绝。后来她花重金请到了曼哈顿一位神经心理学家，重新进行了一轮测试。为了记录学习问题，这位心理学家进行了一次全面的测评，收费8000美元。他在做出注意缺陷多动障碍诊断的边缘举棋不定，但最终决定确诊。有了这个新的诊断结果，丽萨第三次为莉莉申请优待并且获得了批准。

与此同时，丽萨的助手正在处理申请事宜。她需要花几个小时的时间来确保学校会拿到它所要求的全部文件。丽萨花了6个月时间，准备了无数文件，还做了一项价值8000美元的测评，才让莉莉享受到这些优待。

莉莉松了口气，她显然可以从这些优待中受益。她有焦虑问题，做事缓慢而有条不紊。然而，她这种情况引发了更大的公平问题。如果学生负担得起这些昂贵的深入测评，就更有可能享受优待，因为测评员知道如何撰写报告才能通过大学理事会和 ACT 考试中心的审核。不过近年来，大学理事会允许所有在学校享受过一定月数加时优待的学生在考试中获得同等优待。像丽萨这样的家长拥有无尽的资源来确保孩子获得优待。丽萨在她工作的银行有两位助理，其中一位为此尽心尽力，仿佛这件事和促成丽萨的某笔巨额交易一样重要。

大多数父母不可能参与这场战斗。一方面，许多父母依靠其所在的学区来为孩子进行测评，而这些评估往往是概括性和公式化的。大多数情况下，他们不会对学生深入研究，也不会给予学生太多关注。在美国部分地区，例如纽约市，孩子们几乎不可能获得教育委员会的测评，因为排队的人太多。就算他们得到一次测评机会，也通常只做智商测试和一些学术测试，无法得到像私人测评那样的全方位测试，例如关于记忆力、语言能力、注意力、执行能力（制订计划、转变任务、确定优先级的能力以及其他组织能力）的测试和心理测试。因此，公立学校进行的测评较之私立测评员做的测评，结果可能会有所缺失。

丽萨还有两名助理可供差遣，他们会帮助莉莉向 ACT 考试中心提出申请。莉莉学校的大学咨询人员和升学顾问每一步都在为她提供帮助。在许多公立学校，根本没有人帮学生们向大学理事会或 ACT 考试中心提交请求，或者说就算有，也会因繁重的工作而焦头烂额。然而，莉莉学校的工作人员整个夏天都在为提交申请做准备，在截止日期前一天，他们还在争先恐后地向 ACT 考试中心提交文件。莉莉学校的一位升学顾问甚至曾经把车停在纽约州北部的高速公路上，在当地一家餐馆连上网，以确保莉莉的文件能够按时提交。私立学校的家长经常接受这种服务。而公立学校的贫困生可能无法受到测评，即使接受测评，也不会有工作人员帮他们向大学理事会或 ACT 考试中心提交优待申请，至少不会像莉莉学校那样有专人负责再三提交申请。单亲家长、有两份或多份工作的家长以及没有助手的家长绝对不可能投身于这场战斗。

莉莉无意作弊，但她妈妈想让测评结果尽可能对女儿有利。她咨询了莉莉的心理医生，询问莉莉一天中参加考试的最佳时间，并且要求莉莉学校的监考人员配合这个时间。

她向我解释道："监考员说她中午 12 点不能监考，而医生说这是莉莉状态最好的时间。我说我们可以自己找监考员，但显然学校不允许。"

"自己找监考员？"我觉得不可思议。

"是的，我的意思是，如果监考员赶不上那个时间，我可以另找一个监考员。但学校说，对于这种类型的考试，监考人员必须是学校员工。"

"他们说得很有道理。"我结结巴巴地说，"我的意思是，你不能直接自己去雇监考员。"

"这是学校的说法。所以我打电话给高中部的负责人，让他们为莉莉另找一个监考员。"

我猜想，大学咨询办公室里那位安排莉莉考试的人不会喜欢莉莉妈妈的这个想法。

"我知道明天就是总统日假期了，但我希望负责人能回我电话。"

莉莉的 ACT 考试经历一波三折，让人大跌眼镜。学校最终找到了一名员工，可以在几个星期六的中午 12 点监考莉莉的各个科目，但莉莉在考试前一天晚上看起来状态不是很好。考试前一周，她和她的 ACT 导师见了面，上了几次长达数小时的课。我不确定这在最后时刻是否能给她带来好处。她反映说，考语法的英语科目她发挥得很好，但当她参加第二天的数学测试时，情况开始陷入混乱。

考场里只有她和监考老师两个人，时钟嘀嗒作响扰得她心烦意乱。她考完试回家后把这件事告诉了妈妈。也许是为了让自己免受数学考砸的责备，她向妈妈哭诉时，还提到了监考老师有一次把时间算错了一分钟。这引起了丽萨强烈的不满。丽萨立刻给监考老师、高中校长和大学咨询办公室主任发了一封怒气冲天的电子邮件，要求将这些所谓的"明显违规行为"通报 ACT 考试中心，她还要求学校告知 ACT 考试中心，莉莉应该重新考试，而不是等待下一次集体考试。大学咨询办公室的负责人设法说服丽萨放弃这个想法，也没有向 ACT 考试中心提及那些关系紧要的干扰因素。

莉莉在参加阅读和科学考试的前一周憔悴到了极点。她脸色苍白，把指甲全都啃得光秃秃的，还执意要看小时候喜欢的《哈利·波特》系列电影。她考完试回来后整个人都崩溃了。她妈妈给我打电话说："莉莉在做阅读题时惊恐发作了。我不知道发生了什么，我正和她待在一起。我取消了去布宜诺斯艾利斯的行程。"这个曾经为了出差错过莉莉初中毕业典礼的女人，居然因为莉莉的 ACT 考试失败而取消出差，真是讽刺。莉莉爸爸在出版业工作，他是个寡言少语的人，现在似乎也在家和莉莉待在一起。丽萨问道："你觉得我们可以打电话给 ACT 考试中心要求重考吗？"我解释说，莉莉可以等到下次考试再考。挂断电话后，我不敢相信莉莉居然会在做阅读题时惊恐发作，她可是一个比任何非专业读者都更懂得欣赏《失乐园》的阅读爱好者。我担心阅读已经给她留下永远的心理阴影。

她后来解释道："我感觉整个房间都在向我压过来，压得我喘不过气来。"她一边说着，一边把手放在脖子上模仿自己当时的感受："我的意思是，我根本读不下去，那些文字在我眼前跳啊跳。我把所有空都填满了，但完全是乱写的。我肯定不及格。"她紧张地笑了笑，意识到 ACT 考试根本没有不及格这回事。

分数出来后，她的成绩不算差，大多数科目都在 20 分以上，阅读甚至达到了 25 分，综合成绩是 26 分。

莉莉妈妈看过她的成绩单后，只是淡淡地说："下次检查时，我会让医生给她开 β 阻断剂 [1]。"

特雷弗的父母要切实际得多。他们比莉莉家有钱，于是决定用钱来解决问题。和莉莉一样，特雷弗也有优质的 SAT 辅导老师，但他不做家庭作业。虽然他因确诊患有注意缺陷多动障碍和阅读障碍而享受考试加时，但他通常能提前完成考试。他的分数不理想，即便接受了第二轮辅导，分数才略高了一点点。收到成绩单时，"格兰瑟姆伯爵" [2] 和他瘦削倨傲的妻子一言不发。在整个过程中，他们每一步都表现得很冷静。

后来，我从特雷弗的 SAT 辅导老师那里听说，特雷弗被他父亲曾经就读的那所藤校录取了。"'格兰瑟姆伯爵'径直走进了发展办公室，"辅导老师告诉我，"他不停地写支票，而发展办公室的人一直看着支票说'不够，再加几个零'。最后，他们谈成了一个双方都满意的数目，然后特雷弗就被顺利录取了。"

我一开始对此感到愤怒至极。后来我发现，这只会害到一个人，那就是特雷弗。事实上，"伯爵"的支票很可能会被用作几位贫困学生的奖学金。而"伯爵"这样做是在告诉他的儿子，

---

[1] β 阻断剂具有血管舒张作用，用来治疗心律不齐等病症。——编者注
[2]《唐顿庄园》中的人物，是一位贵族绅士。——编者注

如果不花钱，他必定一事无成，这只会对孩子造成伤害。特雷弗的学习成绩不好，他的梦想是做一些和他父亲不一样的事情。他曾经告诉我，他从父亲那里学到了一切。我还没想好怎么回答，他就解释说："我偏要做点不一样的事情。"虽然特雷弗的父母希望他能延续家族传统进入银行业或房地产业，但他自己另有计划。他告诉我他想早婚，这很有意思。在交过一连串女朋友之后，他与上东区一所女子学校的一个女孩建立了一种彼此舒适、相互支持的关系，这个女孩让我想起了剑桥公爵夫人[1]，只是她少了一顶皇冠罢了。他对她十分深情，我觉得他想成为一个比"格兰瑟姆伯爵"更有爱心的父亲和丈夫。他说他还想去西部，花几年时间"四处徒步旅行，或许还能用假蝇做诱饵钓鱼"。他房间的墙上挂着的一条大马林鱼给了他启发，这是他外祖父送给他的。

我多希望特雷弗能去西部，过上一段不背负任何期待的生活。然而拜他父亲那张带着一长串零的大额支票所赐，他现在要去常春藤盟校了。特雷弗的同学大多在心里瞧不起他。我辅导的其他学生也在背地里嘲笑他，一遍遍复述着他爸爸捐款的故事，每讲一遍，捐款金额就增大一些，最后谁都不知道到底捐了多少钱。

然而，要是那些通过各种预先准备项目进入高中的有色人

---

[1] 即英国威廉王子的妻子，凯特王妃。——编者注

种学生被大学录取，则会引起同学们明目张胆的非议。几十年来，这些项目一直在帮助有色人种学生进入私立走读学校和寄宿学校，为那些在纽约没有特权的学生提供获得一流教育的途径。他们必须凭借考试成绩和老师推荐才能入选这些项目，而我教过（和无偿辅导过）的参加这些项目的学生都非常聪明。他们的视角与大多数孩子的不同，因为他们的父母往往是护士、公立学校教师或纽约市公交车司机。许多学生是非裔或拉丁裔，或者来自非洲、亚洲和中东，有的家长还不会说英语。这些家长往往与第五大道的家长截然不同，他们不会理直气壮地认为自己的孩子属于这所学校，只会小心翼翼地避免制造波澜。

卢克是我在一所私立学校教过的学生，他来自西非。他被逮到在学校洗手间抽烟（许多学生都这样），这件事对他父母的影响和对特权阶层的父母的影响完全不在一个量级。尽管后者可能私下对孩子的行为感到羞愧，但他们会和学校打官司，据理力争。卢克的父母是加纳移民，心态完全不同。他们一开始就向学校表示了歉意，并让卢克道歉。他们没有明里暗里地威胁学校，而是担心儿子可能会失去奖学金。如果一个特权阶层的学生遇到麻烦，他们是有安全网的：进行心理治疗，评估是否存在学习障碍，或者转到另一所私立学校。拿奖学金的学生惹上麻烦的话，面临的风险则要大得多。卢克还能继续上学，但一直到毕业前，我每次看到他母亲，她都是精神紧绷，仿佛预料到儿子可能不会过上她梦寐以求的生活。直到毕业时，她才放松下来。

　　即便是在多元化的纽约市，私立学校的有色人种学生也很少，而且他们会提出不同于其他学生的观点。其他白人学生似乎认为这些学生能成功入学，完全是凭借平权运动带来的某种虚假优先权。在这一点上，即使是私立学校的家长，看法也相当一致，因为从顶尖私立学校进入常春藤盟校的竞争非常激烈。家长和学生都知道，每所学校只会招收一定数量的学生。被录取的许多学生都是校友子女以及那些可以为发展办公室提供大额捐款的人或者认识像参议员或大学校长这样可以为他们牵线搭桥的人的孩子，他们认为这没什么不妥。还有的学生是因为体育特长被录取。但这种类型的学生通常不会像有色人种学生那样备受非议，显然他们是以能力取胜。这种关于所谓平权运动的话题会让白人学生感到愤怒。我多次听到过他们的讨论。有一次，在藤校火热招生的一周里，一群白人学生聚在我的办公室里，其中一个学生说："卢克当然能上耶鲁。参加预先准备项目的人总能被录取。"其实这句话中的预先准备项目也可以替换成他们所在私立学校的名字，因为这些学生的耶鲁录取率也很高，然而他们当然不会在意这一点。他们内化了来自父母、媒体和整个社会的偏见，尽管逻辑含糊，但他们还是认为卢克没有资格去耶鲁。总而言之，他们认为许多白人学生比卢克更有资格，却说不出谁更有资格或为什么。他们对此感到愤愤不平。我提醒他们，有几个学生进入名校只因为他们是校友的子女，而他们坚持认为凭校友子女身份被录取没有任何问题。这些学生来来回回强调着几句陈词滥调，对那些增加精英大学入学机会的项目横加诋毁。

"米德尔伯里学院困境"对这类学生来说真实存在。没有考上名校的学生总觉得自己低人一等，这种想法很极端，并非根据现实情况产生。少数思想开放的孩子会去华盛顿沃拉沃拉的惠特曼学院或布卢明顿的印第安纳大学（两所很好的学校），但在大多数情况下，学生们都会争夺一些竞争更为激烈的名校名额。对于某些高中的学生而言，这些名校意味着常春藤盟校、斯坦福大学，也许还有麻省理工学院和芝加哥大学。而在另一些学校，它意味着顶尖的文理学院，如威廉姆斯学院、阿默斯特学院、斯沃斯莫尔学院等。实际上，米德尔伯里学院不亚于其中任何一所学校，它有自己的特色。在每所私立学校里，都有公认的好学院和差学院。

上大学不仅仅意味着各种成绩和分数加起来能达到申请标准。对于许多父母来说，这似乎是对他们育儿成果的一次检验。父母希望孩子考上好学校是理所应当的事情，只是在实际行动中完全背离了帮助孩子获得良好教育的初衷。他们想要控制的是每一个环节，但整个过程又不完全在他们掌控之中。

当这些家长失去对某个环节的控制权时，他们会感到难以置信。大学录取过程就是这样的一个环节。即使面对来自 Naviance 系统 [1] 给出的硬性数据，家长若得知孩子不太可能被心仪的学校录取，他们仍会感到满腹狐疑。这些家长在成年后，大部分时间听到的都是肯定回答。当他们听到否定回答时，就会变得粗鲁和无礼。他们会对大学辅导员进行人身攻击，会恶意贬低班上他们认为更有可能被录取的其他学生，甚至会试图利用学校管理人员来诋毁这些表现较好的学生。有时，当学生没有取得父母预期的成绩时，我就会成为这种怒火的承受者。正是在这样的时刻，我才得以瞥见隐藏在他们"功成名就"形象背后的愤怒的一面。

在"上帝死了"的时代，被大学录取是信徒成圣的方式。这些圈子里的人把成就奉为信仰，被名校录取意味着得到了上天的眷顾。我不清楚为什么进入特定的学校如此重要，因为就读于耶鲁大学所达成的成就，其实与就读米德尔伯里学院的结果并无二致。有人认为，上耶鲁这样的学校会给学生开启在未来通往财富甚至幸福的可靠途径，但这完全违背了理性原则。在这种信念下，名气和品牌就像圣言。父母要证明他们在私立学校为学费、体育训练、旅行队、课后辅导、考试准备和其他

---

[1] 美国高中生或国际学校学生申请大学时，传送信息、递交材料的平台。——编者注

事项上所花的巨额费用是合理的。

我见过有家长在这些问题上大发雷霆。一位母亲曾怒气冲冲地给学校打电话，因为她儿子在数学课上得了 B+。"我们做出了这么多年牺牲才把儿子送进你们学校，"她跟学校高级负责人说，"可不是为了得 B！而是为了上常春藤。"这一连串理论毫无意义。很多家长为了把孩子送进这些需要花费 5 万多美元的学校，付出了很大的代价。一些家长可以眼睛都不眨地就支付学费，而对另一些家长来说，这需要承担巨大的压力——他们这样做是因为他们觉得这会提高孩子被大学录取的机会。我到现在都还不清楚考一个 B 是否会断送孩子进入顶尖学校的机会。总体而言，私立学校的学生的确在大学录取方面有很多优势，但也有聪明的孩子可以在公立高中脱颖而出。此外，从公立学校进入名牌大学的竞争可能没那么激烈。认为孩子上私立学校就会被名牌大学录取的想法并不稳妥。不过，上私立学校后，他们可能会得到老师更多的关注，每年阅读的书籍、撰写的文章、接触的文化、旅行的机会也会更多。他们会说精英人士的语言，或者至少接触过，还能学习他们的表达方式。这就是私立学校教育对大多数孩子的作用，无论最终有没有被藤校录取，进私校都是完全值得的。

当家长和学生逼近冲刺线，看到毕业就在眼前时，许多人会彻底失去理智。亚历克斯的父母建议他请我帮忙写一本书。他其实很聪明，终有一天能写出自己的书，只是现在没有时间写，因为他即将参加网球锦标赛。他解释道："我会署上我的名字，但会付你稿酬。"

想到我儿子即将参加夏令营的花销，我有点心动，但后来又为自己的想法感到羞愧。我告诉他："我可以协助你写，但你必须自己动手才行。"这本书一直没有写出来。

事实上，亚历克斯不需要任何帮助。从某种独特的角度来看，他是个天才。他总是迷迷糊糊的，没有朋友，还有烟瘾。讽刺的是，带他抽烟的不是其他学生，而是他的一位网球教练——虽然亚历克斯的父母认为他的球技已渐入佳境，但事实并非如此。他很快就形成了烟瘾，还偷拿父母的钱去买烟。他的父母经常在书桌抽屉里存放数千美元的现金，方便了他偷偷地拿钱。尽管如此，他还是提前被藤校录取了。他的网球是起到了一定作用，更关键的原因是他的 ACT 成绩接近满分，全科成绩都是 A。他毫不费力就考上了常春藤盟校。他被录取不是通过金钱交易，虽然他的父母显然完全有能力给他未来就读的学校捐款。

亚历克斯赢得了这场比赛，但目前还不清楚战利品会是什么。他将进入常春藤盟校，然后呢？未来的他早上怎么去上班？怎样与同事沟通？如何找到另一半？这些都是我无法帮他解决的问题，大学也无法给他答案。我甚至不知道他能不能自己去宿舍，因为他家的司机总是会把他送到任何地方。

的确有一些像亚历克斯和苏菲这样抓住成功机遇的孩子，

但更多的是在父母眼中甚至自己眼中不尽如人意的孩子。对那些上哈佛、耶鲁等名校已经成为悠久家族传统的孩子来说，压力尤其大。内特就是这样的孩子，他的父亲、祖父和曾祖父都毕业于普林斯顿大学。大家都希望他能延续这一传统。如果是在三十年前，他很可能把这一传统延续下去。他是个聪明的孩子，但是属于 A- 等级的聪明，而不是 A+ 等级的聪明。他数学不太好，这样的压力让他感到紧张。要想进入普林斯顿大学，即使是作为校友子女，他也要获得全优成绩和全国游泳比赛靠前的排名才行。

他表现一直还算不错，直到高三时，他遇到了一位不善于与学生交流的数学老师。这位老师曾在几所最负盛名的新英格兰寄宿学校任教，数学对他来说就像一门熟练掌握的语言。面对那些不像他那样懂数学的学生，他根本不知如何施教。内特最后有几次考试没及格，脸色也变得紧张而苍白了。他坚信老师不喜欢他，因为他每个礼拜日都会去教堂，而老师是无神论者。

他总是喜欢说："这些老师不懂上帝。"内特向普林斯顿大学申请了非限制提前录取。他第一轮就进行了申请，申请者大多来自富裕家庭，总人数较少。需要助学金的孩子通常不会申请非限制提前录取（非限制提前录取不具约束性，可以同时申请多所学校，而申请具有约束力的提前录取则不同，也就是说被录取的学生必须上那所大学），因为他们想比较不同学校的助学金额度。富裕的申请者在申请非限制提前录取或具有约束力的提前录取方面具有优势，而像内特这样的孩子会努力利用这一优势。尽管如此，普林斯顿还是把他列入了候补名单，将他放入了普通申请批次，并在那一轮中拒绝了他的申请。哈佛、耶鲁和普林斯顿这样的学校常常会把内特这样的学生放进"礼貌性候补名单"，这意味着他们不会直接拒绝他，而是把他放在候补名单中基本没有录取机会的靠后位置。就这样，普林斯顿拒绝了他，几代人上普林斯顿的家族历史就此终结。他心灰意冷，他的父母暴跳如雷。

他回想起自己考 C+ 的数学、游得太慢的游泳比赛、泯然于众的时刻以及遭到普林斯顿拒绝的答复。他所有的成就、考 A 的历史论文、获胜的游泳比赛和想成为随军牧师的愿望，都被抛诸脑后。他只想着那些遗憾和错失的机会，想着他可以游得更快的那几秒钟。他去了他和父母都认为属于二流院校的约翰斯·霍普金斯大学攻读神学，后来在学习期间出现了酗酒问题。我最后一次听到他的消息是他休学了一段时间，已经开始戒酒。

沃伦最初申请哈佛提前录取（第一批录取）时也被列入了候补名单。这意味着他被丢进了一堆普通申请者当中。当然，他没有完全被抛弃，因为他的校友子女身份能给他加分。他高四剩下的时间继续沉浸在阅读中。他并不执着于上哈佛，他的父母也抱着同样的想法。他申请了其他几所好学校，我觉得无论他去哪所学校都会很开心。他家厨房的桌子上仍然敞开着《纽约客》，他还是会津津有味地阅读老师布置的材料。他父母主要关心的问题一直都是："沃伦写作有提高吗？他有花时间修改作业吗？"他们最关心的是他的学习技能。5月的时候，他贴心地给我发了封电邮告诉我他被哈佛录取了，并对我表达了感谢。

还有莉莉，她是带我了解阴暗世界的维吉尔。她知道地狱是什么模样，因为她在女校就过着这样的生活。她经历过无情的欺凌，为了参加 ACT 考试服用 β 阻断剂，但还是考砸了。她饱尝天刚亮就要出门打壁球的滋味，训练得很勤，排名却还是不断下降。我担心直接问她会让她感到压力，就在网上查询了排名信息，眼睁睁看着她跌到全国排名前 100 之外。

在大部分人收到大学录取通知的那天晚上，我正在陪着她写高中期末论文——在各大院校通过电邮发送录取通知的那天（所谓的常春藤日），她在写一篇关于《安娜·卡列尼娜》的文章。常春藤联盟把能够查询录取状态的门户网站发给了学生。莉莉试了几个小时都没能打开网站，因为有太多人同时访问，网站一直处于崩溃状态。我问她能不能回到《安娜·卡列尼娜》上来，她一声不吭地打开 Facebook（脸书），看到同学们都在上面发布录取消息。大家各自进入哪所大学的消息已经在网上疯传了。她终于进入部分网站后，发现自己收到的是很多份拒绝通知。

让莉莉继续写书评是毫无意义的。她无法体会安娜·卡列尼娜被爱人拒绝、失去孩子、被社会抛弃的痛苦。和所有青少年一样，她关注的是自己内心的得失。所以当她读到安娜的死讯时，她表现得波澜不惊。虽然她曾经能轻易地联想到《失乐园》中的恶魔，但她现在已经出离了文学的范畴，深深陷入了自己的世界。她在想在接下来的几天，同学们在挥舞着录取通知书和大学运动衫的时候，她该如何挨过去。

初高中时期一路为女儿保驾护航的丽萨现在急于保护莉莉，她把那些拒绝她的大学视作曾经欺负过她的坏女孩。她告诉莉莉："那些常春藤大学不会知道他们错过了怎样的人才。招生官只看到了那些闪闪发光的男孩女孩。我家姑娘有真才实学，只是他们看不到而已。"她认为莉莉比其他人更勤勉，有自己的价值观，不会轻易妥协。这一评价倒是很中肯，莉莉的老师针对她的为人和学习态度写了热情洋溢的推荐信，所以这些品质在招生程序中都得到了体现。然而，莉莉在一所竞争激烈、没有人情味的大型院校里未必会过得开心。她需要一所可以与老师建立联系、有课外交流的学校，一所可以去写作中心找人帮忙修改论文的学校。最后，莉莉进入了一所可以让她快乐成长的大学。

尽管丽萨向女儿传达的意思并非尽善尽美，却让莉莉和自己站在了同一阵线。她们为莉莉被一所不错的小型学校录取而欢欣鼓舞，这所学校是没考上藤校的孩子的首选。莉莉周末参观完学校后兴高采烈地回到家，她说："我遇到了一个来自康涅狄格州的女孩。当我看到她脖子上的字母项链那一刻，就知道我们会成为好闺密！"在上大学之前，她把昂贵的壁球拍扔进了大楼的焚化炉。她打算在空闲时间学习缝纫设计。

▶ 纽约市的家长如果想让孩子进入更好的大学，最简单的方法就是离开纽约，因为纽约的名校申请者太多了。或者说，要是想留在纽约，可以去上一所人少的公立学校。

▶ 如今的美国梦——盖茨比盯着黛西家码头上的绿灯时深切渴望的美国梦——已是千疮百孔。金钱可以让生命变得耀眼、迷人、鲜活，却最终让年轻人陷入孤独和无爱。

第 **9** 章

考 试 见 分 晓

9月初一个晴朗的日子，我和纽约一家私立学校的十名高三学生穿过布鲁克林的几个街区，来到了一个社区机构。孩子们穿着各异，有的穿着紧身牛仔裤，有的穿着短裤和背心，手里拿着星巴克咖啡——经过了漫长的暑假，他们还不适应早起上学。

　　大家在这家机构的大厅窄桌旁坐定之后，一个喷了很多发胶的年轻负责人告知他们，他们的任务是帮助来自世界各地的移民通过入籍考试。他迅速分发了一沓印有问题和答案的卡片，孩子们开始做自我测试。

　　"众议院有多少人？"金发的麦蒂问道，她穿着一件暴露的背心。

　　"200人？"山姆试探性地回答，他看起来比实际年龄要小。

　　"435人！"非裔美籍的加尔文说道。他接待了第一位到达的访客，一位危地马拉妇女。

随着上午的时间流逝，学生们形成了各自的教学风格。有些人安静而有礼貌，有些人则成了活力四射的啦啦队队员。他们居然对一位想放弃考试的女士又哄又劝，告诉她："你做得很好！继续加油！"这真是出乎我的意料。蕾切尔一直说自己不懂西班牙语，还想退了这门课，但她曾经去过墨西哥旅行，也学了很多年西班牙语。此时此刻，她在和一对来自洪都拉斯的夫妇用一口流利的西班牙语在交谈。山姆在班里排名垫底，而且从不写作业，而他却成了全场的焦点。他帮大家记忆并解释"控告"等术语时，被大家团团围住了。

"格罗斯伯格博士，我觉得我可以当老师。"他咧着嘴笑嘻嘻地对我说。这是我第一次，也是唯一一次看到他对一件事情表现出兴奋。

我为我的团队感到骄傲，在学校允许的情况下给他们拍了很多照片，还发给了协调此次活动的负责人。那天的快乐让我想起了为学生申请 SAT 和 ACT 优待的那几周时间，要处理复杂而繁重的文字工作，大家普遍对自己不够满意。

学生们在社区帮助移民的那个早晨，是他们短暂的闪耀时刻。那一天过后，他们又回到了学校，开始按部就班地生活。山姆仍旧不写作业。蕾切尔依旧怀疑自己的西班牙语能力。他们一天到晚看起来都很疲惫，不上课的时候只想玩电子游戏。

这些学生从帮助移民的经历中得到的情感慰藉要大过移民

在接受学生帮助的过程中获得的知识。私立学校认可公共服务的价值，还将此作为毕业的必要条件，但学生往往要等到最后一刻才去完成服务时长，他们经常会选择参加募捐等活动。这种活动值得体验，只不过给学生带来的感受不同于帮助有需要的人。

许多私立学校都对公众关闭大门。他们试图推动社会变革的方式是为卡门这样的女孩提供奖学金，卡门通过一个教育录取项目进入私立学校，这样的项目能帮助她准备好迎接快节奏的学业。但卡门在学校经常感到无所适从，仿佛来自皇后区的她不属于这里。在她的班上，最多只有一两个有色人种学生，而且她所关注的文化上的、经济上的和心理上的问题却很少体现在其他同学身上。对她来说，假期结束后返校时的经典对话可能是这样的。

卡门："你暑假最开心的事情是什么？"

多数学生："我暑假大部分时间都在我家的海滨别墅里，感觉很不错。"

想想在一年的不同时间，把答案中的海滨别墅换成乡村别墅或者滑雪小屋，你就会明白为什么卡门会感到格格不入了。

有色人种和属于较低社会经济地位群体的学生向我和其他老师反映，他们觉得学校不欢迎自己的父母。有的家长不会说英语，有的还身兼数职，没有办法在中午请假参加家长会。我教过一个学生，他的父亲来自多米尼加共和国，从事石棉清除工作，如果中午离开工作岗位就会被扣工资。他从来没参加过家长会，只在为数不多的休息日给学校打个电话。私立学校会接受少量来自其他背景的学生，但不会对他们完全开放。

纽约市的私立学校能否为了促进自身发展和充实学生生活，向社区敞开大门呢？对学生来说，了解这座城市的其他区域是有价值的，这些地方是他们不太熟悉的另一个世界。有一次，我带着一群私立学校的孩子来到东 120 大街的一所公立学校。许多孩子从来没坐过地铁，很少有人到过曼哈顿这么北的地方。在莱辛顿大道和 125 大街交会处下车后，他们彻底迷失了方向，找不到 128 大街和第三大道交会处，直到我提醒他们这里的街道网络和上东区类似。他们从来没有意识到这座城市的一个基本事实——莱辛顿大道和第三大道以及其他大道都向北延伸到了他们所在的社区之外。孩子们需要脱离私立学校的限制走进这座城市，这座城市也需要走进学校。

这可以通过很多形式实现。纽约市的私立学校可以向来自不同背景的孩子开放课程，让不上私立学校的孩子也能享受其老师或大学顾问的帮助。例如，针对那些数百个孩子共享一个指导顾问的公立学校，顶级私立学校的大学顾问可以为他们开设讲习班或咨询课。老师和大学顾问的时间的确很紧张，但学校可以提前做好安排，让他们像律师事务所的律师那样有时间从事此类公益性工作。学生自己也可以参与辅导其他学校的孩子。

这种交换可能会造福处在社会经济阶梯两端的孩子，而正是这些孩子构成了纽约的大部分人口。中产阶级已经被排挤出去，这座城市中留下来的往往是那些非常贫困和非常富有的人。这些群体的孩子的共同之处比乍看上去要多。他们经常需要对抗焦虑、抑郁、药物滥用、犯罪行为和父母缺位等情况。当然，在孩子遇到麻烦时，富人有资源保护孩子，穷人则不同。这两个群体的孩子都需要身边的成年人重视他们的价值，花时间了解他们的个人需求。

我辅导过极穷和极富家庭的孩子，在我看来，他们的需求本质上是一样的。我十几岁的时候在马萨诸塞州菲奇堡附近的一个日间夏令营做培训顾问。那是一座衰落的工业城市。每天，一个名叫克拉伦斯的7岁男孩都会乘公共汽车去营地，他爬上车后，总会迅速溜到我身旁的座位上，紧紧抓住我的胳膊，直到抵达营地才肯松手。我和其他辅导员都叫他"蜘蛛"，因为他抓得很紧，四肢又瘦又长。他从不说话。很明显，他需要我们的肯定。

我在纽约市某私立学校工作时，一天当中随时会有孩子走进我的办公室。他们通常只是坐着聊天吹牛，然而每次都会让我想起克拉伦斯。这些孩子会说些无关紧要的事，他们只是喜欢坐在大人身边，坐在一位愿意听他们说话的大人身边。我无意忽视穷人家孩子遭受的额外压力和不平等待遇，我只是注意到了极富孩子和极穷孩子之间的共性。当然，有不缺爱的富裕家庭的孩子，也有被忽视的中产阶级的孩子。然而富裕家庭的孩子所上的学校有时会忽视他们是有情绪的人，会更多去强调成就，而不是孩子内心向往的或者是他们可以实现的事物。

　　破除围绕富裕家庭的孩子形成的体育和学术上的"产业线"可能需要一段时间。这种体系在数十年间不断被过时的和错误的观念强化。孩子刚学会走路，父母就开始吹嘘他们的孩子足球踢得多好，憧憬孩子凭借运动获得大学奖学金的事情（这种可能性并不大）。大多数孩子很小的时候就会加入夏令营，家长很难不随波逐流。我们都希望孩子出类拔萃，会为此而兴奋。如果不参加夏令营，便找不到其他更好的方式帮助孩子获得提升。毕竟，如果其他孩子都在比赛，自己的孩子不多加练习怎么能进校队呢？

　　如果孩子没有为幼儿园充分做好准备，没有接受公文式数学辅导[1]，怎么与其他孩子竞争呢？父母若是不送孩子参加体育比赛，接受公文式辅导、SAT / ACT / 数学 / 化学 / 英语辅导等，就会觉得自己不称职。然而，年复一年，随着青春流逝，丢失

---

[1] 公文式教育起源于日本，由高中数学老师公文先生开创，针对 2—8 岁的孩子，是一种由易到难、循序渐进的学习方法。——译者注

的作文越来越多，发现孩子兴趣所在的机会越来越少，竞争也变得越来越疯狂了。

在我工作的纽约市部分地区，孩子们经常被吹捧为"参加奥运会的料"。如果这些评估准确，便意味着美国大部分奥运会运动员都将来自曼哈顿、布鲁克林和新泽西。我们回顾一下历史，就会发现事实并非如此。高级私立学校的老师在谈到伟大的帆船手、游泳运动员或滑雪运动员时通常会说"亲爱的，进军奥运会吧"，就好像这个学生马上就会把奥运会门票送到他最喜欢的老师的手上（我对此表示怀疑）。这些孩子一放学就会离开学校去泳池训练，或者经常缺课去参加帆船比赛。他们满脸愁容，日复一日地去泳池里、船上或斜坡上训练。毫无疑问，他们热爱自己的运动，只是训练所花的时间开始令他们疲惫不堪。到一定时期，通常是高一或高二时，负担就会变得沉重。他们不能同时应对身体变化、期末考试以及各项比赛。这时候，他们的父母仍会坚持开车送他们去参加晨练和周末比赛，孩子们则继续在飞机上做作业。

"参加奥运会的料"这种表达应该被禁止使用，或者至少要极其谨慎地使用。很少有运动员能达到那个水平。对于普通人来说，就连达到专业水平都绝非易事。虽然运动可以帮助部分孩子进入大学，但并不适用于所有人。把孩子送进大学可能有更好的方法，比如你可以写一张支票。也许这是可以让孩子免受折磨的最好的方式，还能为大学某项有价值的事业做出贡献。

但你必须想一想：孩子以什么方式进入大学会更快乐，是凭借个人实力，还是依靠父母铺路？

还有其他方法可以帮助孩子们在招生过程中赢得优势，但被多数人忘记了。例如，演奏巴松和双簧管等木管类乐器，或者次中音号和圆号等铜管乐器，抑或者中提琴等弦乐器。在大学申请者里，学这些乐器的人不多，而且这些乐器不会像运动一样容易让孩子伤到自己，也不需要他们熬夜练到很晚。如果孩子们擅长运动，那么有些运动的确有助于提高被大学录取的概率。高中女子冰球运动员进入大学的比例最高。男子曲棍球和长曲棍球运动员的比例也相对较高，但低于女子曲棍球的。也许最简单的是，让孩子选择一个冷门专业，例如报考人数较少的近东研究或一些人文学科。

纽约市的家长如果想让孩子进入更好的大学，最简单的方法就是离开纽约，因为纽约的名校申请者太多了。或者说，要是想留在纽约，可以去上一所人少的公立学校。

父母往往还容易忽视一个变量。密歇根大学的丹尼尔·艾森伯格（Daniel Eisenberg）等人发现，心理健康程度能预示大学时成功的可能性。例如，患抑郁症的学生，尤其是如果同时患有焦虑症的话，更有可能辍学，而且GPA会更低。心理健康程度会影响学生处理学业的能力，进而影响就业和收入等长期结果。锻炼本身确实可以增进心理健康，但没有必要频繁参加激烈的巡回赛。一些富裕家庭能让孩子获得足够的心理健康方面的支持，因为他们有能力并且愿意去做这些事情。而另一些家庭可能会认为，获得心理健康方面的帮助似乎分外陌生或者不太光彩，抑或者没有那么重要。

许多父母一开始往往意识不到心理健康与生活成功之间的联系，但心理健康问题确实可能会让最聪明的年轻人也无法发挥潜力。对年轻人来说，在治疗师的沙发上花费的时间可能比备考 SAT 或在网球场上练习的时间更重要。

孩子进入 20 岁之后，心理健康问题往往会恶化。我曾经接触过许多大学生，他们因为能力不足和心理健康状况不佳而不得不休学。杰米在一所著名的文理学院读大二时，开始疯狂吸食阿德拉（Adderall），这是他服用的一种治疗注意缺陷多动障碍的兴奋剂药物。他原本想的是连续熬几个晚上来恶补期中考试的知识。他大部分时间都在田径队度过，睡眠质量也不好，所以需要额外振奋精神才能熬夜学习。部分问题在于，虽然他曾经就读于著名私立高中，却不知道如何撰写分析性论文。他的想法像瀑布一样倾泻而出，最终化作泡影。他谈了一大堆想法，却一句也说不到点子上，最后写不出来任何内容。从来没有人教过他如何记下想法，并对其进行组织和梳理，而这正是写作的基础。

他在纽约大学的课程要求撰写研究论文，我们花了数周时间一步步完善论文。他每写一段都需要帮助，我问他是如何在没有学会写作的情况下上了这么多年学的。他说："总有辅导老师帮忙。而且我的学校允许我迟交作文。这有点像是'三振不中但没有出局[1]'。"他觉得这种策略似乎无益于他的发展。他回顾说："他们应该对我更严厉些。"我把这些碎片拼凑起来，意识到他一定是多年来一直在让辅导老师替他写作文，或者辅导老师至少进行了大量修改，而他从没有真正学习如何写作。他回到了大学，并找其他人辅导自己完成了课业。他的治疗师经过他父母允许后告诉我，他一直在与抑郁症抗争，并且想维系一段他似乎把握不住的恋爱关系。

此外，我还辅导过在大学里重度抑郁症和双相情感障碍发作的学生。德米特里·帕波洛斯（Dmitri Papolos）和贾尼斯·帕波洛斯（Janice Papolos）等研究人员认为，压力会使大脑更敏感。这些压力因素被称为引火物，就像引燃原木的小树枝一样，它们会"引燃"大脑，使其对情绪波动更加敏感，进一步愈演愈烈。酒精和某些药物也可能成为引火物，一个有过这些引燃体验的人将来在类似情况下会一点就着。不过，大脑中的这些火焰也可以通过治疗来扑灭。青少年和刚刚成年的人可能走上提升心理健康之路，也可能会走上继续堆积火种之路。

---

[1] 来自美国棒球运动的术语"三振出局"，此处指多次未达到标准却仍然没有受到惩罚。——编者注

今天，富人养育孩子的方式让他们无暇顾及心理健康治疗。我和许多父母谈过，他们说："我的孩子愿意去找治疗师，但问题是没有时间。"出于道德原因和现实原因，我的立场是建议他们挤出时间，不过这件事说起来容易做起来难。道德原因在于，身陷痛苦的孩子需要接受帮助和治疗，而现实原因在于，无论孩子多么聪明，要是没有良好的心理健康状态，都无法正常生活。我自己也知道，孩子们很难一直腾出时间去进行治疗。但刚成年的时期很关键，面临心理问题困扰的孩子需要优先寻求心理健康帮助，直到他们恢复正常。

父母往往认为孩子上大学之后会得到与高中时期相同的帮助，而没有意识到高中生活已经不复存在了。父母经常需要叫醒上高中的孩子，逼他们吃早餐，提醒他们必须努力考大学。这种外部机制在大学中是不存在的，因此提高了对学生独立生活能力和规划能力的要求。父母很难看到孩子在自家屋檐下得到了多少帮助和安排，也不确定他们的儿女是否真的能够自己起床去上课。

我所见过的大学生身上最重要的技能包括向教授寻求帮助的能力、预约写作中心的能力、早上起床的能力以及自己洗衣服的能力。我很惊讶那些即将上大学的学生，虽然接受了数千小时的辅导和体育训练，却不知道如何洗衣服，不知道如何做鸡蛋或意大利面这种简单的餐食，不知道如何寄信、计算小费或者支付账单。这些技能不像其他技能那样需要花很多时间学习，但它们在方方面面至关重要。也许富人希望有人帮助孩子完成这些任务，但孩子们只有学会做这些事，才会觉得自己有能力应付日常生活。我记得一位富豪母亲不好意思地对我说："我儿子会在大学里学会洗衣服。"我不知道谁会来教他。在可能的情况下，我会确保我辅导的孩子上大学之前掌握这些技能。

我见过许多学生，他们在课堂上反应未必快、思维未必敏捷，但在学校表现得很好，因为他们知道如何寻求帮助。还记得那个戴劳力士的男孩哈利勒吗？他在一所名牌大学表现优秀，这完全是因为他享受加时优待，而且在每个学期伊始，他一定会和教授聊聊各项测试和期末考试。和教授的接触让他更多地了解了他们，能轻松地向他们寻求帮助。在高中时期，他的排名靠后，进入大学后表现却很好，因为他品貌兼优，能自我接纳，知道什么时候需要寻求支持。这些能力让他比学术天才处于更有利的境地。

优渥的家境给孩子带来了问题，这些问题远远不止存在于曼哈顿上东区。苏妮亚·卢塔尔研究了全国各地的高分学校。她认为，孩子就读的院校比他们所处于的社会经济地位更能决定他们所面临的压力。她说，如果就读于高压学校，"即使是住在比萨店楼上的孩子"，也不得不承受压力。

多年来，贫困、歧视和创伤一直是影响青少年心理健康的风险因素。2018 年，另一个因素首次被列入影响孩子情绪健康的主要风险因素名单：追求高成就的学校。罗伯特·伍德·约翰逊基金会（Robert Wood Johnson Foundation）将"成功的压力"视为孩子们的一大主要风险因素。在高压学校长大的孩子存在心理障碍和滥用药物的风险，即使他们并非来自高收入家庭。高压环境对孩子的负面影响可能会超过经济条件因素。即便是在看似温和的、支持性的环境中，前 1% 的富裕家庭的孩子仍会面临风险。成为风险因素并不意味着这些高压环境（包括史岱文森高中这样的公立学校）会导致精神疾病，也不意味着这些学校不能满足某些孩子的需求，而是确实意味着我们必须退后一步，想想这些学校的孩子所面临的压力是否健康，它们有无必要。

真正爱孩子、重视孩子心理健康的父母怎么能把孩子推入这种境地呢？卢塔尔认为，父母被迫把孩子的生活安排得满满当当，是因为每周参加五场体育比赛已经成为富人区的常态。她谈到那些给孩子安排过满的父母时说："社区希望你这样做。如果父母不去看孩子的每一场比赛，就会成为被排挤的怪人。"

除了要解决影响许多孩子的贫困、歧视和创伤问题，我们还可以去减轻年轻人所承受的压力。这就是父母可以做的简单易行的事情。卢塔尔进入追求高成就的学校进行调查，发现那些问题最严重的孩子普遍认为他们的父母更看重他们的成绩，而不是他们的个人品质。换句话说，孩子们需要感受到即使他们没有成功，也能得到父母的支持。卢塔尔说："父母需要提供能为孩子带来平衡感的缓冲区。他们不能再把曲棍球比赛想得像奥运会一样。"老师、教练和教务人员也可以教导孩子们，尊严和人品比成就更重要。

吸引众多青少年的体育产业已经迅速发展成一个价值 150 亿美元的产业。自 2010 年以来，该行业像野草一样蓬勃生长，规模已经增长了 55%，职业体育领域的主要玩家都在投资青少年体育项目。这对投资者来说是好消息，但对孩子来说就不是了：孩子们经过艰苦训练后，晚上 11 点半才能回家。对父母来说也不是好消息，他们每年要花数万美元让孩子参加各项训练。有些孩子的能力不足以加入校队，家长就会花钱送他们去参加比赛，导致他们无法到校上课。与此同时，少年棒球联赛等低调的、免费的体育项目正在减少。

我们需要对这些针对孩子的运动进行"冻结"。这已成为一场军备竞赛，一切的理性已被抛诸脑后，取而代之的是充斥着狂热和妄想的新的常态。许多父母会斥巨资为孩子争取大学奖学金，其实他们把钱存在银行可能会带来更高的收益。有些父母甚至会用应用程序来协助安排几个孩子周末的比赛。难道父母们不怀念家庭时光吗？或者不想至少下午腾出休息时间，享受一下番茄酱和薯条吗？这一代的孩子正在为这种失衡的生活付出代价。

父母们想知道，要是不参加有组织的体育活动，孩子会不会无所事事地玩电子游戏，这也许是个真正的问题。越来越多的社区正在恢复地方联赛，方便孩子们更合理地安排体育运动，让他们有时间与朋友、家人和邻居待在一起，并且还有时间做功课。

我希望能缓解富人社区的压力，这个想法是不是太理想化了？卢塔尔通过她的非营利组织"真实联系"（Authentic Connections）参与了康涅狄格州威尔顿富人社区的咨询工作。在威尔顿进行的一项调查发现，这里大约30%的高中生会产生焦虑、悲伤、抑郁以及胃痛等身体不适症状。而在全国范围内，这一比率约为7%。威尔顿决定做点什么。学生们发起了一些推广心理健康知识的活动，甚至更小的孩子也接受了旨在提升适应能力的培训。有的家长决定改变孩子的日程安排，让他们的生活不那么忙碌，然后他们发现了一个令人惊喜的结果，那就是孩子与父母的争吵减少了。

如今的美国梦——盖茨比盯着黛西家码头上的绿灯时深切渴望的美国梦——已是千疮百孔。金钱可以让生命变得耀眼、迷人、鲜活，却最终让年轻人陷入孤独和无爱。

也许新的美国梦可以将个人的满足感包含在内。过去，我们的成功建立在渴望成就、不懈进取的基础上。我们求新求变的能力自有迷人之处，只是我不禁好奇，如果盖茨比满足于他在西卵那座夺目的豪宅，又会发生怎样的故事。他可能会不再痴痴凝望对岸黛西家的码头，而是在自己家中获得幸福。这不是盖茨比的天性，但可能是我们的天性。或者说，我们能不能为了孩子去培养这种天性呢？

我在和从前的学生聊天时发现，他们对过去已经没有太多印象。他们安然舒适地生活在通往未来和新的参照物的路上。虽然有些人表面看来没有太大变化，但他们走路的姿态已经不一样了，因为他们已经摆脱了大部分不适。他们还没有老年人那种追忆往事的欲望，对往昔生活也没有因距离产生美感。他们大学一毕业就回到了这座城市，与纽约之间没有距离，这里是他们最自在的家园。

第 **10** 章

不要说再见

"克里特岛的食物特别美味。"苏菲的外祖母已经说了第五遍，"你要是去那儿，苏菲会带你尝尝！"我们在苏菲的毕业典礼上并肩而坐，在苏菲被叫去学校旁边的小教堂拿毕业证书时，我努力把目光锁定在她身上，但"伢伢"（苏菲这样叫她）一直在喋喋不休地讲着希腊语。在我们等待毕业生入场的时候，她给我讲述了她"二战"后在希腊成长的经历，当时那个国家满目疮痍。"我和丈夫来到北部，开了家餐馆。苏菲的妈妈从小就开始帮忙上菜了！"

　　苏菲的"伢伢"身材娇小，穿着一身利落的海军蓝套装和丝绸衬衫，戴着一条镶满钻石和蓝宝石的项链。她的丈夫身材更瘦小。他穿着一件白色短袖衬衫，把下摆塞进裤子里，系了条腰带。他一遍又一遍地读着毕业典礼节目单，手肘轻轻推了推妻子，给她看苏菲带着星号的名字——星号表示她是荣誉社团的一员。

"我和我丈夫都没上过大学。"她告诉我,"苏菲妈妈拿到了奖学金,我们只需支付一部分学费。而现在,苏菲要去上常春藤了!"我不愿去纠正她,因为她似乎非常喜欢常春藤这个说法。苏菲的学校其实属于"七姐妹"之一,曾经相当于女校中的常春藤联盟。过去 25 年的岁月中,她一直在为伐木工人供应早餐,就是为了这一时刻。

毕业典礼结束后,苏菲邀请我去她父母的公寓做客。她妈妈准备好了餐点,但外祖父母坚持要做希腊特色菜,然后端到了我和苏菲的朋友面前。"这是希腊菠菜派。"外祖母解释道,"你来看我,一定要尝尝这个。"苏菲的外祖母盛情邀请我去参观她的厨房。

在参加毕业典礼之前,我和苏菲的外祖父母素未谋面。他们住在纽约北部,我不知道他们还经营着一家餐馆,他们的第一语言居然是希腊语。苏菲妈妈不会和女儿说希腊语,但苏菲打算暑假去希腊看看亲戚,希望能跟着学几句。苏菲妈妈热衷于社交活动,经常出现在杂志和网站上的社交照片中。现在我知道,她的社交技巧是在州北部一家希腊餐馆学会的,而不是我原以为的波特女子高中。她的地位并非继承而来,而是努力工作的结果,她想为女儿守护它。

在特雷弗上大学前,我和他爸爸进行了最后一次谈话。我问道,他觉得儿子在即将入学的藤校会表现如何。这位父亲的回答简洁明了："既然我能熬过去,他也能。"这是特雷弗爸爸上学时也曾遭遇挣扎的唯一迹象。他可能也有注意缺陷多动障碍或学习问题,因此不愿让儿子在考试中享受加时优待,还在抚养儿子的过程中变得固执己见。我用一种比较委婉的方式做出了提醒,他含糊地说:"我读的男校当然没让我做好上大学的准备。"他言下之意也许是,他一直都在咬着牙,以某种方式熬了过来,所以他的儿子也能熬过来,而且会因此变得更加优秀。

我与家长打交道的时间足够长,知道他们在什么时候不能容忍孩子的过失——不是在孩子与他们不同的时候,而是在孩子与他们一样时。在指导特雷弗时好时坏的学业时,他父亲回忆起了自己的过去。现在我已经看透了一切。我用全新的视角去看待他在特雷弗输掉足球比赛后对特雷弗的大喊大叫,发现这对父子之间的关系要比我之前认为的复杂得多。不过,对于让特雷弗去上一所可能会让他感到不如别人的学校,我还是持很大的保留意见。我不确定他知不知道自己被录取是因为父亲花了钱,当然我也不会告诉他。

从那以后,特雷弗的家人就不再主动和我联系了。我给他们发邮件询问特雷弗的情况时,他们总是轻快地回答说他"好得很"。我一直都不清楚他过得怎么样,一切都面目模糊,与我相隔甚远,但我在 Facebook 上刷到过他发的照片,知道他参加了一个兄弟会,还经常出入各种派对。他最后得以如期毕业,我猜想他应该是请了家教帮他完成经济学和写作方面的课程。

　　特雷弗上大学后，我在他表妹茱莉娅的葬礼上再次见到了他。茱莉娅和特雷弗曾经在他们家的小岛上共度成长时光，关系十分亲近。她进入大学时还是活力四射、有说有笑的。她高中时曾被父母送到加州去戒断药物成瘾，似乎效果不错。谁也不知道她的死亡是意外还是自杀。根据我和其他老师的观察，她肯定曾经在冲动、抑郁以及似乎无法取悦父母的情绪中苦苦挣扎。她看上去是一个热爱生活的人，会踢足球。大家都觉得她为人慷慨，幽默风趣。或许她有着不为人知的秘密吧。她经常意气用事，高二的时候就曾因为和西班牙语老师大吵一架而被停学。不过，她后来诚心悔过，和老师的关系变得亲近起来。

　　葬礼在上东区举行，前来悼念的人非常多。我挤不进圣坛，只好站在门外。每当遇到一个茱莉娅从前的老师，我的泪水就会涌上眼眶，老师之间传递着一条不言自明的信息：我们不敢相信会在这里见面。她的朋友从教堂蜂拥而出，我静静地拥抱了那些认识的孩子。我们之间真的不知道该说什么。特雷弗神情肃穆，戴着一副墨镜，没有说话。他现在是华尔街一家大银行的分析师，每天工作时间很长。他还在和那个让我联想起剑桥公爵夫人的女人约会。他一直没有去西部。

　　葬礼终了，茱莉娅的家人去了墓地，参加葬礼的老师在教堂外围成一圈。"她抑郁吗？"其中一位老师问我，"你应该会知道。"

"我不知道。"我说。我可能是被茉莉娅那闪烁的绿眼睛和爽朗的笑声迷惑了。其实她的愤怒和急躁泄露了她的内心，她太喜欢与老师、父母和朋友争论，经常显得不耐烦。愤怒或许象征着她内心深处的抑郁。

这位老师说："有那样的爸爸，她一定活得很辛苦。"茉莉娅爸爸是"格兰瑟姆伯爵"的哥哥，二人都掌管着家族财富。但这也无助于解开谜团。通过辅导第五大道的孩子，我学到了一件事，那就是他们的外表和内心可能完全不同。茉莉娅将永远保守她的秘密，而我将继续时常想起她。我不知道我应该把她的死看成一场意外（服用处方止痛药后参加派对所致），还是认为她内心饱受折磨，只是装出了一副轻松愉快的样子。这二者可能都对，也可能都不对。我在脑海里翻来覆去地想，却得不出任何结论。

我还会想到特雷弗，想知道他长大后继承家族衣钵的样子。他的心态依旧乐观，但已经走上了父亲的道路。他住在市中心，他父亲依旧住在上东区，彼此之间隔着一段距离。到目前为止，他的生活似乎在沿着和他父亲相同的轨迹前行。

特雷弗偶尔会去西部看望在俄克拉何马州从事城市开发工作的外祖父。外祖父和"格兰瑟姆伯爵"不同——他生性自由，准备捐出自己的大部分收入。我希望有朝一日，特雷弗能去西部和这个送他马林鱼的人一起工作。

我辅导过的大多数孩子都能轻松应对大学学业。这些疲倦的孩子会选择简单的专业——那些他们在高中就已经学过的专业。我的一个学生主修美国历史，完全是因为他在高三的时候就已经完成 AP 历史课程中 85% 的阅读内容。我很好奇为何高中的课程要求如此之高，让学生在踏入大学校园之前就已经完成了大部分课程。

我刚去哈佛上学的时候，对一切瞠目结舌。我热爱校园生活。我喜欢去上那些名字复杂而又具有讽刺意味的课程，比如"美国的神话"，它不像我就读的公立高中所称的"高三英语课"。大一时，我完全不知道别人在说什么，因为我不了解大部分预科学校（很多学生来自这些学校），而且认为壁球是一种味如嚼蜡的瓜[1]，而不是一项运动。我以前从来没有见过这么多纽约人。我羡慕他们无忧无虑，经常在哈佛广场吃饭（我当时生活很拮据）。我甚至不知道印度菜是什么。有一次，我和其他大一新生参加了一个关于剽窃的走形式的会，我还以为要是我不小心忘记了改写引用的语句，就犯了滔天大罪。我还多次跑去看冰球比赛，因为我不知道自己还能做什么。

出乎意料的是，我奇迹般地表现得很好。这不是因为我有多聪明，而是因为我有着旺盛的求知欲。在上历史课前，我会花好几个小时来整理各个非洲国家被殖民的历史。在我第一份

---

[1] squash 既指壁球，也有西葫芦的意思。——译者注

写作作业得了 C 之后，我克服心中的恐惧，在办公时间去找了我的助教。一切都让我感到兴奋。我喜欢哈佛校园大一学生宿舍区那些明亮的路灯，它们营造出一种贝克街的氛围。我在图书馆深处找到了自己的研习间，在那里读了《尤利西斯》，并一字一句地拜读了《达洛维夫人》。我和一位朋友花了一整个周末阅读福特·马多克斯·福特（Ford Madox Ford）的作品，只在吃饭的时候停了一会儿。在此之前，我从未遇到过这样能和我一起享受 48 小时阅读的朋友。

简而言之，这是一段崭新的生活，我拥有亟待激发的能量，并相信最好的生活就在前方。我不敢相信自己竟然如此幸运，从马萨诸塞州的乡间来到了剑桥。对纽约私立学校的孩子来说就是另一种情形了。他们步入大学校园时已经博览群书，参加过高难度考试，结交过名人，放纵过声色，见识过大千世界。对他们来说，这种世俗生活很容易让他们感到厌世。但巅峰时刻应该很少出现，所以他们会倍加珍惜。他们的思想已然枯竭，大学第一年对于他们来说就好像是高中重现。他们会拖拖拉拉去上不感兴趣的课，会强迫自己选择经济学这样的专业，只因家长要求他们日后进入银行业。他们经常逃课，偶尔期末考试不及格。但他们不会因为准备不足而不及格，因为他们已经准备过了。所有马拉松运动员都知道，训练过度乃大忌。跑步者必须学会自我调节速度，孩子们也一样。

○─○

　　在辅导结束之后，我经常会与从前的学生和他们的家人不期而遇。在我离开纽约前，我会在街上遇到他们，特别是在靠近华尔街的市中心地区。许多学生跟随家长的脚步，在银行工作。我在领英上查阅他们的资料时发现，我教过的大多数男生——还有大量女生——大学都是主修经济学，现在在银行或金融科技公司做分析师，将金融和技术结合起来。如果他们取得了高级学位，那一定是 MBA。少数人学习的是公司法。很少有人偏离传统道路。

　　我在和从前的学生聊天时发现，他们对过去已经没有太多印象。他们安然舒适地生活在通往未来和新的参照物的路上。虽然有些人表面看来没有太大变化，但他们走路的姿态已经不一样了，因为他们已经摆脱了大部分不适。他们还没有老年人那种追忆往事的欲望，对往昔生活也没有因距离产生美感。他们大学一毕业就回到了这座城市，与纽约之间没有距离，这里是他们最自在的家园。

　　"我特别害怕松鼠。"一个学生跟我提到他在佛蒙特大学的日子时说。他晚上会到市中心散步，那里的犯罪率是全城最高的。

　　他们开始过上和父母一样的生活，或者过上父母三十年前的生活。热门街区已经变成了市中心和布鲁克林，我会在丹波艺术区的街道上看到他们前往皇冠高地。他们住在贵族化的社区，这些社区迅速改头换面，变得越来越像上东区、上西区以及他们小时候居住的社区。在这里，你可以在上瑜伽课之前喝一杯风味浓郁、价格昂贵的抹茶拿铁。这些 20 多岁的孩子重新联系了学校的旧友，在面试工作、读研究生、送孩子去私立学校的过程中，彼此的生活不断交错。

大多数孩子进入了商界或法律界，但苏菲不同，她的梦想是当演员。她有时会写密码文，似乎对此颇有天赋。她有着能记住各种符号的超常记忆力，就像过去把那些历史知识塞进脑海里一样。她的一个朋友成功当上了模特和演员，我能在新泽西州收费公路旁的广告牌上看到她。她那双漂亮的眼睛直盯着我，就像《了不起的盖茨比》中的艾克尔伯格医生那样，只不过她没戴眼镜。

莉莉变得自信起来，成了一位喜欢穿一身黑衣的艺术爱好者，在大都会博物馆实习。在画廊和博物馆举行的社交活动中，会有人来给她和丽萨拍照。现在的莉莉还是热衷于买新衣服，但衣着品位已经透露出干练的气质。她戴着厚厚的黑框眼镜，把头发扎成凌乱的马尾。她从前身材圆润好看，现在却已经和她妈妈一样骨瘦如柴，仿佛得了贫血。她目前暂时住在家里，还说这只是因为她父母的公寓离博物馆比较近。她想成为博物馆的策展人或者在画廊工作。她一直都在坚持做缝纫设计，经常把自己的衣服沿缝合处剪开，然后按照自己的想法肆意发挥。她的设计已经开始接近内心所想了，她的生活也是。

我教过或认识的其他学生也会登上通俗小报的社会版面。其中一位曾经和著名演员交往，后来分手了。本曾被誉为第五大道上最理想的单身汉，现在也已经淡出了社交视野，不过他的母亲还在虔诚地参加社交活动。据我所知，本好像没有工作，我想知道他的家族遗产到底有没有保住。有些学生的家长曾是哈里王子和梅根·马克尔婚礼上的宾客。我在电视上看到了她们，觉得她们戴着头饰看起来显老。我真心希望学生的思想变得更加自由，甚至私心地希望那些文笔优美的学生不要全部跑去华尔街。我有一个梦想是去参加从前学生的新书发布会，但至今仍未实现。

虽然我明白，我的学生和他们的故事将永远成为我的一部分，但在这个城市执教近十五年之后，我感觉是时候和丈夫以及十几岁的儿子离开纽约了。即便我性格坚强，习惯了为争取自己想要的东西不懈努力，我还是被这座城市击败了。我会在半夜惊醒，不是因为闹钟响了或音乐太吵（我早就学会了屏蔽这些声音），而是因为焦虑。我的肾上腺已经不堪重负。这座城市也让我的想法变得扭曲，我在辅导的学生身边时（除了那些无偿辅导的学生），总会觉得自己分外窘迫。我对世界的一切看法都已颠倒混乱，我儿子的感官系统也已被这座城市击垮。我们住在拉瓜迪亚机场航线下方的"灰烬谷"时尤其痛苦，因此，搬到一个安静的地方对我们都有好处。在打包行李的时候，我小心翼翼地把学生写给我的所有感谢信装进一个小盒子，放在梳妆台放袜子的那格抽屉里。我有时会把这些书信翻出来细细重读。

在离开纽约前往马萨诸塞州之际，我开车经过一个公交车站，看到一个戴着 Beats 耳机[1] 的女孩在翻阅一本折了角的《了不起的盖茨比》。我不知道她是书里的哪个角色，她可曾驾车穿越"灰烬谷"，有没有看到盖茨比床上那堆华美的亚麻衬衫。

我终究不是尼克。尼克懂得盖茨比，而我只是给盖茨比的儿女们辅导过功课而已。对于我尚未完全理解的一切，我还是要从他们身上学习。

---

[1] Beats 耳机以其时尚的设计和优质的音质著称，在流行文化中具有很高知名度，是时尚潮流的代表。——编者注

致谢

　　倘若没有多年来与我合作过的数百名学生、老师和家长，就不会有这本书，也没有今天的我。学习和教学是一个循环往复、不可预知的过程，偶尔会带来些许启迪，也让我经历了许多满怀感激的瞬间。在少数时刻，我知道自己打开了孩子们的心扉，在更多的时刻，我只是单纯地享受了这段趣味无穷的旅程。我记得有一位优秀的老师曾经对学生说："为什么我们深爱你们这群学生呢？因为我们会被这蓬勃的朝气所感染。"老师能感受到学生身上奋发向上、孜孜不倦的精神。我们有时比学生幸运得多，毕竟他们无法选择自己去不去教室。我希望我所有的学生，不论是过去、现在还是未来的学生都知道，我十分感激能有机会从新一代人身上、从TikTok[1]等事物中汲取新知。我真的把你们的书信收在了放袜子的那格抽屉里。对于这些年来

---

[1] 短视频社交平台，相当于海外版抖音。——编者注

与我共事的老师，我想说，我很欣赏你们对教学的热情，也很感谢你们陪我一同帮助孩子们摆脱青春期的烦恼。

感谢迪斯特尔、戈德里奇和布瑞特公司的组稿人，才华横溢且富有耐心的杰西卡·帕潘，是她指导我写下这么多文稿。感谢我同样才华横溢的编辑团队，汉诺威广场出版社的彼得·约瑟夫和格蕾丝·托里。从我和彼得初次交谈那一刻起，我就知道和他合作会是一种享受。他思维严谨，文学典故信手拈来，着实令人敬佩。格蕾丝是一位智高才广的文字大师和编辑，她对我的鼓励意义重大。瓦妮莎·威尔斯是位优秀的文字编辑，她揪出了我在引用和遣词方面的每一处错误。

写这本书的过程中，我花了很长时间追忆童年，我感到非常幸运，能在妈妈、爸爸和兄弟乔希的陪伴下成长。我们一起做傻事、一起跳圆圈舞、一起学爱沙尼亚语的时光是我人生的根基所在。我很庆幸自己成长于 20 世纪 70 年代，学会了新英格兰式的黑色幽默。我现在的家人泰迪和约翰同样奇奇怪怪而又可爱。没有你们，我就没有东西可写，也没有事情可庆祝。